JN125077

美と伴に

＊

紀ノ国屋 千 詩集

竹林館

紀ノ国屋　千　詩集　美と伴に　目次

カバー画　神賀美稔子
「ベレンの塔　ポルトガル」

I

水滴

朱い木の実に朝露の衣
ぐうーん、ぐうーんと
伸びやかな朝

木々をとりまく　霧
霧に集う幾千の想い
私はちっぽけな
ホモ・サピエンス
この爛《ただ》れた文明に　立ちすくむ

キリはキリを集め
透き通る一滴
天空からの
贈り物

たった一つ・自由の結実
自由はおまえ
おまえの宇宙
限りなく遊べ水滴

ひろがりのすべて
時の無限
慈しみとやさしさだけの世界

さぁ　行け　霧のボヘミアン
そして何時か
その美しい大地へ
私を呼んでおくれ

ゆっくり生きる歌

みんな急いで
どこゆくの

テレビがカラーに成って
心に色が無くなった
と呟いた人がいる

歌人山頭火は
乞喰をして
自由になった

みんな急いで
どこゆくの

カラフルに
満ち足りた
飽食人が
街に溢れた春は

寂しかった

こどもから
あそびを取り上げて
巨大な塾のビルが
銀色に光る

みんな急いで
どこゆくの
そんなに急いで
どこゆくの

風はいつでも
歌ってくれる
山はいつでも
話してくれる
急がなくても
生きていけると・さ

菜園譚

三月　冷気を切り裂いて
モコモコの土塊
土を突き刺し　陽が差し込む
アッ！　危ない　カエルか

粘った土が可愛い
うそのように　か弱い緑の苗
汗をぬぐった手を　差し入れる
胡瓜・茄子たち
こうして　何かが始まる

にわか農夫と農婦は　水を運び　虫を追い
喜びながら　幾日も幾日も
あら草を抜き　肥をまき、埋め

風には、添え木・日照りには水・水・水
風が苗を撫ぜ、
陽が命を揉みだしている
口笛さえきこえる

文月のはじめ
パリパリのトゲを纏って濃ゐ緑の
蔓たちは、空に向かって
伸び上がった
あっちで　こっちで
黄色い　花　花　花たちが語りかける
生まれた　大地と　空気と　葉緑体の
音楽の物語

飛び散る形を造りだした茄子の茎
控えめな紫の花　花　花は
静かに　羽音を待っている

撫ぜるとキュッ　キュッ　キュッ
声をあげる茄子の実
ツクン　ツクンのトゲの飾りを散らし
緑のしずくに満ちた　心地よい胡瓜

この日
ぼくは、空を見上げた……
茎と蔓と葉脈と　人のこころを繋ぐ
穢《けが》れない清らかな水が流れる
大地を見た

発見

I

私は時を軽やかに滑っている
こうして心臓は拍動し
日の光と夜の星は繰り返す
旅の終わりに向かって
「いやだ！　どうしてもいやだ！」
「止まるのだ！」
生き続けたい
ヌルヌルの空間に
あらんかぎりの爪を立てて
私　静止《とま》りたい

Ⅱ

わたしは生き続けたいために
働いている
無数と群集の秩序に並びつくした
電話交換機という奴らの中で
弾けるスプリング
水平垂直の鉄片と擬音
電流の停止・躍動
オシロスコープの静粛
二本のＬＩＮＥに飛びあい
縺《もつ》れあった
百万の都市が笑う中で

Ⅲ

この日も——。
細い導体の中を音は流れ去ってゆく
甲高い言葉を食べあう婦人たち
どす黒く勝ち誇りほくそえむ男達
涙を飲み込んだ無言
小鳥のように唄いあう乙女たち
彼ら、彼女たちの
一つ、一つ、の言葉をテストレシーバーに流して
「うん！　そうだ」
「うん！　それもそうだ」
「う…ん」
聴音*に胸が輝く

*聴音：電話交換機の保守作業項目

Ⅳ

ああ！
どうしょう！
決して生き続けることはできない
切り取ることのできない
冷気が押し寄せる
ぐわーん！　ぐわーん！
時よ！　列よ！　続・続・続
目を開閉
耳を開閉しても
肉体も心も、ただ
点々と、列列と
星となりやがては銀河となり
ビリビリと響きをあげて
流れ続けて行く

ゲージ拭いとってや

「錆っさけ、ゲージ拭いとってや」
実習の終わり初老の教官は何度も繰り返す
昭和三十八年六月新品の大人だった
俺たち

電気通信学園を終了し相棒の竹庵君とぼくは
いっつも「錆っさけ、ゲージ拭いとってや」
教官の声は想い一杯
青春のキーワードになった

ゲージは20枚ほどの金属片、厚さ
零点1ミリから、ずらりと並ぶ
間隙測り板だった

黒いエボナイトの筐体《きょうたい》3号電話機
想いをこめて、0から9の十個の数字
円盤の穴を指で引掛け、引く離す回るダイアル板
暫し後、美に包まれた、声がやってくる

電話交換機という人と人の声を結ぶための
機械仕掛け、十数個の継電器
ワイパーという真鍮の爪
バンクというユー字型の舌
この二つのめぐり会いで声と声は結ばれた

精密にめぐり合わせる調整にゲージは
神様だった

ぼくらは
電気通信という格好いい言葉を

胸のバッチにして
通信の歴史を創っていった

気ままで、声高の若い我らの世界は蒼かった
春闘・団結・賃上げ・打倒・米帝国主義
あった・あった
思い出せない量の生き様のうねり

竹庵君とぼくは、／友を選ばば／書を読みて／
／六分の侠気／四分の熱／に酔いしれた
乾杯は夜毎続いた

時は流れ・日は進み
ぼくも彼も妻を娶り子を持った
彼も僕も分からないけど
科学や数学に恋していた

なけ無しの金でスミルノフの数学教程
全十二巻を買い、眺めてなぞりあった

時は流れ・日は進み、古希を過ぎたころ
綾部由良川河川敷、
定年とともに始めた畑に、立つ日が減った彼

七年後に彼を襲ったＭＡＣ菌*は体を食い漁った
その日、間質性肺炎は喉仏を引き抜き揉み上げ
彼とともに去った

「錆っさけ、ゲージ拭いとってや」

いっつも、二人で聴いていた
ヴァイオリンとチェロの弦は
震え、震えながら響きも遠く遠く
消えていった

＊ＭＡＣ菌＝結核菌、らい菌以外の非伝染性抗酸菌症、その多くをＭＡＣ症と言い、発症する菌を総称した名。

火

北風が街を凍えさせていたので
詩集が買いたくなった

ガタピシ戸の古本屋に入った
そっと手を洗う決心をして
棚からぼくが拾ったのは
俊太郎の詩集

真っ白なページに燃える火を見た

詩篇を買い茶店へいそぐ
風は遠くを舞っていた

これでコーヒーを呑もう

幻語

昭和22年頃私は四歳だった
国民型並四ラジオから呼びかける声を聞いた
「えんえんこんけん」と言っている
父や母は、なぜかそれがＮＨＫという事は知らせず
いつもニコニコして笑っていた
私にはそれが嬉しくて「えんえんこんけん」は続いた

三十歳を過ぎた頃私は３女の父になっていた
子どもが何か不都合なことをした時
しかる言葉は勢いをつけて「パブリッシュ！」だった
しょせん女の子の悪戯なんて知れている
この発声が自分でも何の意味か今でも分からない
この言葉は、わが家では暫く通用していた
勢いだけで女の子には十分だった

賢治の詩で、「どでけんじゃ・どでけんじゃ」を知った頃
私はかなりのおじさんになっていた
娘たちは自己責任を知り早々と巣立っていってしまった
仕事に行き詰まり挫けそうになった時
人のいないことを確かめて
「パハップス！・パハップス！」と思いっきり叫ぶ
すると何故か「やるぞ」という気が起こってくる
これも、何の意味かいまだに分からない

外に孫は４人も出来たが私はもう
たいがいのおじいさんになっていた
でもココから先は自分には
おじさんという
イメージしか見えない　でも
しんどい…しんどいとぼやく自分に、ハットした
それから、おじさんで止まっている自分に

激励する言葉は「ＢＯＪＩＤＡＮＮＷＡ」になった。
心の中では、「おじさんは」・「がんばれよ」と
聞こえているのだった。

今、自分はゆっくりと、真剣に
閻魔大王さまの前で叫ぶ言葉を探している
自分と大王さまにしか分からない
夢のような言葉を…。

２０１１年　七夕の夜

無

もう終わりにしたい
姉は72年の生涯の果てに
か細い息とともにその言葉を
絞るように吐き出した

土を耕し種を蒔く
草を払い虫たちを追い
大地をつかむ手
地中に膨らむ根菜たちへの思いは
時として大空をにらみつけ
雨滴を願う
ムクムクと湧き出す命
輝いた日々
寡黙の凝縮に湛えられた

ひとは
優しさに溢れていた

ある日
そう！
まったく突然！
喉元に食らいついた細胞
未分化甲状腺　癌
肉が心を食いちぎる

あなたは　どれだけ
よりそう顔たちに
悶絶のその次に
もう一つのことば
「ありがとう……」と伝えて
遠い旅に出たかっただろう

声をうばわれ…
ことばさえも引きちぎられた　無
巡りくる季節の風の中に
遠い旅の鐘は音もなく
響く

幼年の風景・重なる眼差しの下で

木炭バスのか弱い煙が悲しい色に濡れていた
あくまで白く翳《かす》むエプロンが
童心のむねを切り裂いて飛び込んできた
そのハッキリとしないうつろな姿
それが私の生母と気づいたのは
時を経た日、少年となった頃だった

四才の日、山を背にした坂道の先を
人々をゆすりゆすり一つ二つと数えるように
あえぎながら登る汚れきったバスの記憶
そこから第一の母の記憶は途絶えていた
しかしその後の人生の中に
もがくような瞳の濡れた光でしっかりと
私を引き戻したいと願う熱い糸は
決して消えることは無かった

荒い山仕事の薄汚れた風体の男が
無造作にひく私の手はか弱く骨ばっていた

道行く人の不快さと哀れを引いて
男と縮れたボロの小さな塊の子は
時として里に現れた
幾たびかの出没をじっと見守る夫婦がいた
二人には子どもがいなかった

秋も少し過ぎて喧《やかま》しく虫の啼く夜
小さな長屋の土間に立って泣き叫んでいた子
弥吉！　弥吉！　弥吉！　その名に父という定義はない
生きるためにすがらねばならぬ根っこへむかって
細い指と涙と鼻水がからまって
秋の夜深く、まき散らかされていった
打つ手を亡くした二人は子を近くの山へ連れて行った
闇にむせるような野草が青臭い気迫で迫ってきた
二人は突如消えた
黒い空間の妖気と暗黒が叫びを握りつぶした
そしてこの夜から新しい幼年の日は始まった

心地よい幼子の日々がコトコトと音を立てて歩み始めた
その父は戦後の茫漠たる物資不毛の空間に
魔術を振り絞り木を刻み筆を取ってＳＬを造った
キャキャところがり回るメリーゴーランドの楽しさは
子の心に刻まれ積まれていった

その母は子の崩れた衰弱の体に愛の食事のすべてを注ぐ
ふくよかでやわらかな皮膚と笑い声で子どもは
応えていった
あばら家であれ、棟割《むねわり》長屋であれ
天から結ばれたわが子と……二人は酔いしれた

貧しさの中にあって一生懸命という真の愛に守られ
幼年は少年へと羽ばたいていく
少年は父と母の子であった　ある日突然遊び仲間から
「おまえ！　もらいご！」と
あざけりを込めたせりふを浴びた
意味は解らなかった、「おれは人間で物ではない」

やる、貰うとは・プライドへの攻撃は許せなかった
二人は相手の少年の家に怒鳴り込んだらしい
が、その日どうしたことか　私の前に
顔貌さえ定かでない　第一の母の白いエプロン姿が
浮かんでいた
それは一つの罪の意識を持って打ち消さねばならない
暗い悲しみの慕情となって心にしみこんでいった

母は、歌が好きだった、私も歌が好きだった　時には
たどたどしいながら「村の鍛冶屋」・「浦島太郎」……
唱とハーモニカは響きあった　楽しかった
母は、なすびの油炒めが得意だった、私は大好きだった
握り飯はとても大きかった　友達とふた山を越えた峠で
ほうばった幸せは食欲の原体験となった
母は本当に私を愛してくれた　養母という言葉を憎んだ
私が成人しやがて恋をして結婚をする1年前に父は
この世を去った、戦争と無残な人権の世をともに渡った

二人が一人になった。　老人となったはかなさと寡婦の
不安に母は私になだれ込んだ

わが子が誕生した頃…後ろめたさを感じながらも
生母と養母という分類の言葉にうろたえた
何故なら意味も無く無性にその生母なる女《ひと》の
ハッキリとした顔・姿・声・どんな女《ひと》かを知りたい欲望に捉えられた
人伝に聴いた大きな河の両岸に山々のつづくその村を
探し当てた先は、積み上げられた無縁仏の朽ちた
塔婆の巨大な山だった……

その後私はどうしたのか今は全くどうでもいい……
育み育てる苦しみと尊さと楽しさを知り
大いなる余裕で振り省れるこの日になって
漸く生母と養母には価値の分水嶺の無いあい重なる
2つの眼差しだけなのだと知った

ある日

夏を刈り取りに行く
J-WALKをからだにうけて
橋を渡る
風が汗を迎えに来る
短い影がついてくる
あー高ぁーい太陽
生きてるんだなぁー

道

「道というものはみな
　人のところに通じているんだ」
　　　　星の王子さま

私は、人のいるところに通じていない
道を探していたことに気づいた

どこにも通じない一本の道

その道のはじまりは
確かにぼくの前にあった
雪の頼りない踏みしめ感さえある
歩き始めると決して後へ戻れない

引力の道に嵌められた足
やって来たこの世で
ぼくは流れ去るだけの泡だった
人のところに通じる道を
見つけられなかった人間
いつか　その道を　歩き去る
私を見送るのは　だれだろう

２００６年12月改作

陶器祭り

おれが、おれがという時代に住んでいると
すこーし前に
あなたが、あなたがという時代があったことが
胸に染みるように、ジーンと恋しい

今年も8月7日から京都五条坂で陶器祭りが始まった
放り出す事が生理の男の体からは
決して創れなかっただろう土の化身

いつの時代も、ただ身勝手に投げ出す男の残渣を
広大に包み込んだ
女のあまりにも哀しい包容の営み
包容とは、包み込む器

縄文と呼ばれ、弥生と呼ばれ
遠い遠い、時の彼方にも愛の形をした女の器
土器、陶器、磁器、技の進化に追いすがる愛

今、21世紀
暴走した熱が、アスファルトを溶かす五条坂
色・形・想い・情念・ありとあらゆる自由の陶器が並ぶ
愛はミクロの単位に集積され平面になった
遠いけれど、豊かだった日々の
「包容」の残影を幽かに秘めた陶器の造形群

欲望のはての自由に包まれた女と、男がそぞろ歩く
夏の夜の五条坂
人が流れる　風が流れる

露天の風鈴が、チリン

風に姿を変えて
放浪し始めた人間の「愛」の面影たちは
何を語ろうとするのだろう

朝

食事を作る妻の足音
食器や鍋のはじける音
カタカタ・コトコト
トン　トン　トン
シャーッ　シャーッ
カチン　カチン
シュッ　シュッ　シュッ
音と体がはね回る
この妻《ひと》が居て、ぼくが居て
胸の奥から　あったかい

軽やかに行き来する
白い指
小刻みに数を増し

盛り上がる　ネギ緑

生きてる二人

「よかった」と窓の光に言ってみる

できたての朝

しあわせ

彼は
いつも遠い山を見ていた
頭の中に山の影は
聳えていた

彼は今日のこと
明日のこと
週明けのこと
来月のこと

コトコトと煮詰まる時を
捌《さば》いて生きていた

彼の傍に花を
心からいとしむ人がいた

その人は
春早くには

「水仙が咲いたよ……」
夏の陽射しの影では
「百日草が元気だわ」と
彼に呼びかけた

秋には
コスモス畑を
彼と風を連れて歩いてくれた

いとおしむ人は
冬には、木枯らしを立ち止まらせ
「山茶花があったかぁーい」
笑窪が彼をみつめていた

そういう人に会いたい

テレビが映らない
人が僕に言う
直そう　と　心がときめく
回路の成り立ちを考え、故障の症状をみつめ
目は、気持ちは、一生懸命に動く

戦いの末
モニターに青い空
赤い地平線が映りメロディーがうねり始める
人は　その時　僕に向かって
言う
すごいなぁー　なんでもできはる
ほんまに　器用やなぁー

器用に　器用に
僕は　そんなふうにに生きてきたのか

人が　放つ　賛辞の陰から
器用貧乏
器用な世渡り
器用な立ち回り　　そして
　あっしは、不器用な人間でござんすから…
と　器用を巧言令色、不実の譬えにする奴まで出る
ぼくの種はひとつ、何でもまっしぐらにやっただけ
「器用やなぁー」　の後に来る
とてつもない　寂しさを抱えて…ぼくの旅は続く
ほんとに聞いてくれる
人に会いたい　　会いたい…
今年も器用を背負って迎えた夏…

２００６年７月15日

斬る

お前が　斬伐された日
はつ雪は　重く静かに垂れかかっていた
一坪足らずの庭にお前を植えた
まろやかでしなやかな
みどり葉の歌に憧れた春だ

名だけが「桂」という一本の棒だったお前は
この一坪の地上で活きはじめた
あれから……俺の
三才の娘が母になり　ふたたび
女の子が生まれた　二十と六年
樹高十二米・幹囲り一米十…ああ
高木は巨大を意味した

いつか　5月の空に　たおやかな葉はそよぎ
風を織っては揺らいでいたね
小鳥は枝を蹴って跳ね飛び
風も、雲も、虫達も　お前を愛していた

その横で人間は生きていた
植木やは樵《きこり》にもなる
人間は何にでもなる
我意のままだ　生きてるくせに
生きてる物が気に食わない
そして終末に向かって大手を振って
駆け込んで行く

お前は大地を信じて
一坪を難なく越えて　西へ東へ枝をめぐらす
人間の棲家の矮小な規格は
豊かなお前の樹液を刺し貫ぬかねばならない

たった一つの事、Ａ人とＢ人の線を越えたという
些細な事で
樋《とい》が詰まる・枯葉が腐る　それだけで
斬る

切り株に
この冬初めての雪が降りてくる
重く・白く・あくまで白く・重く
覆い隠す天の心
白く変わっていく青い株

待つ

手紙を待つ
人を待つ
帰りを待つ
朝を待つ
昼を待つ
夜を待つ

愛を待つ

何を待っても
どれを待っても
本当に待っているものは
来ない

逝く人

＝苦痛して、遂に死に侍り（宇治拾遺物語）＝

内臓から・突く・衝き挙げる
どっく・どっく・グゥォロ・グゥォロ
なまみ挽き千切る
こうも卑怯に
剥ぎとるグォー音
この世から・あの世へ
遷るだけなんだぞ
宇宙よ・世界よ・天よ・神よ

卑きょうもの
生命を造りしものよ
卑きょうもの

生は剥ぎとるな
生はめくるな
生は毟《むし》るな

―あなたぁぁ―

切り刻むいのち
痛い・痛い・いたい……
闇・闇・やみ……

黒い血　ひとしずく

いのち
蹴り飛ばされる

運命

飛んでいく
飛んでいく

生きてきた
ひとコマ
ひとコマが
虫けらのように
飛んでいく

悲しいメロディーを
曳きながら
飛んでいく

潤んだひとみで

ただ見ているだけの
ぼくがいる

どうしようもできない
人生に立ちつくす
この日

２００２年３月

詩人たちへ

詩人たちよ
ひねくれるのは
もうよそう
心にジーンと滲みこむ
ことばを
もう一度さがそう

風にうたおう
雨にうたおう
晴れた空に飛び跳ねた
昔をうたおう

地球が人間を
捨てようとしているよ
詩人もうたを
捨てるのかい

2001年11月改作

絶望

歩みは
ヨチヨチの歓声で始まった
喜びの日々は飛んでゆく

どこまでも
歩いて・歩いて
人は悲しいものだ
果ては見えない

生まれてきたからには
この世を
楽しまなければ損だ
見つけた
生きがい

楽しくて嬉しくて
目玉も舌も飛び出した
楽しみ疲れたそのあとに
やって来るものは

忘却

そして
女が歩く
男が歩く

どこまでも・どこまでも
歩き続けて
人は
悲しみを積み上げていく

関西詩人協会編『言葉の花火2021〈日本語・英語対訳詩集〉』所収

「絶望」訳：薬師川虹一

Despair

This walking
Started with cheers at a few toddling steps
But those days of joy are soon gone

Endlessly
We walk on and on
For to be human is to be full of sorrow
And blind to the end

And if I am born into this fated lot
At least I should try
To enjoy the world
In which I have found
A reason to live

Such happiness and joy
As if my eyes and tongue had popped out
But tiring of those happy days
The aftermath brought

The oblivion of memory

And then...
A woman walking
A man walking

On and on
Without end
All of us
Piling up our sadness

ゆうひの　むこう

ぼくの　ちょうじょの　おとこのこ
まご
ひとみは　くろぐろとして　ふかいなぞ
ちいさなては
おおきく　やわらかく
ぼくの　きもちに　ふれる

きく　なんでも　きく　これはなに　あれは
どうして　なんで　それから?　きいて　きいて
そうして……
じーっと　じっと　ぼくを　みつめる
すこし　きんちょうして　いきをすって
こたえる

いっしょに　なわとびをする
おとこのこは　なんかいも　しっぱいする
ぼくはよゆうをもって　とんでみせる

しかし……
よゆうはつかのま

かれは　どん　どん　どん　どん　うまくなる
おでこに　くびすじに
うれしい　あせをひからせて

はぁ　はぁ　はぁ　はぁ
ぼくはへたばる

うさぎになった　おとこのこ
あかいゆうひに　とんでいく
かげえになって　とんでいく

ぼくは　ただただ
みおくる　ばかり
それでも　うれしい　なぜか　うれしい

たしかな　みらいを　ぼくはみる

Ⅱ

旅

物語はこの冬から始まった
ホモサピエンス文明終焉の迫る日々
でも　私にとって
異次元への時めきの鼓動・刻・刻・刻…
きーんとした風も・雪も・凍える水面も
あたらしい次元への序章なのだ
すべては暖かな春へのプロローグ

比叡の山に向かって骨ばった絵筆をとる
この世紀で再び元素に還る
わたしの細胞たちの声の点々としずく

なんとしても会いたい　Ｉ先輩・Ｏ先輩
そして二人の母
心が撞木に打たれた　重くながーいうねり

筆は七一年かなたの血だらけの分娩から
始まる
温かい血液の湯気に包まれたかたまり
あの日・この日・はるかなる日々
ずっしりと映像フィルム
七千四百六十三万五千二百フィート
背にしょって　群がる銀河の
一点の星に向かって糸は延びていく

注：１年は８７６０時間
71年は62万１９６０時間
24コマ／秒フィルム
１時間の長さ１２００フィート

草原

太陽《ひ》は昇り
太陽は還る

一輪の花・寄り添う花
草の絨毯
ひと一人
草食む羊たち
走る馬　追う馬
草原　皆同じ小さな点

風が来る
風が往く

あの丘に　この原に

ふと腰をおろすと
キチキチと　キチキチと
おびただしい
地底から群れ響く
バッタの羽音

ゆったりと白い雲

零下30度の風雪はどこ
やさしく・膨よかな　夏
モンゴルの季
静かな・草花

風が来る
風が往く

ゲルの朝は女達の息
焔をつくるカラカラの糞
牛・馬・駱駝たちのめぐみ

白いうぶげに朝露をしのばせる
エーデルワイス

男達は馬を馳せ
放牧の羊を追う

あわい黄色のひそやかな愛
シベリアひなげし

こども達は
父や母達の仕事を遊びにする

オクルリヒゴタイの想いは

蒼い毛玉になった

風が来る
風が往く

ある日　草原の娘オヨーンは
声をあげる
ソロンゴ！　ソロンゴ！　それは
いくつもの丘を跨ぐ
虹
七つの色　　七つの花
オヨーンの瞳はうつくしい

起きあがる丘
とめどなく下る斜面
風を乗せて　青空に返す

草の海・時は止まる

太陽は昇り
太陽は還る

ウランバートル
この国に一つの大都市
雄々しき名
赤き英雄

ソビエトの箍《たが》は剥がれ
あふれる品々
飛び交う外貨
人々を蹴散らし走り回る車の群
煙る大地

擦れながら街行く人々

モンゴリアンの消えた
謎の首都

翳む地面を
うねり・うねる　声
ホーミーが這ってゆく
重い悠久を背負って

大地に赤い太陽は消えていく

黄砂

「歳をとって良いことは、驚かなくなったことだねー」
と、老婆は呟いた

その日、ぼくは重くなった頭を抱えて
遠く、遠く・なだらかな地平に寝たくなった

道を求め、山を越え、湖南へ
古楽器、琵琶の棹のあたり、烏丸半島の水辺に辿り着いた

なにゆえの天の計らいか、陽はいぶし銀に嵌《はま》り
激しい西風は水を打ち叩き、擦りあげた
空は鉛色に閉じて、呼吸の中に吹き込む黄砂

ヒョウ、ヒョウ、ドッド

ヒョウ、ヒョウ、ドッド　ドドーン
狂風・恐風・無尽　揺らぎ捻れる重心

オ・オ・なだらかな地平を求めたは
大地や天空の心でもあったのか
3億トンのタクラマカンのゴビの黄土高原の風成塵は
降り注ぐ、奇っ怪な凹凸の人間空間めがけて
たいらかな大地復元へ、降り積もる嗚咽と意志

移した眼下、堤に薄紅色のおおいぬのふぐりが
絡みつき、延べひろがり、可憐で強い花の低音
風も掴めぬ、か細い茎にみなぎる緑線

ぼくは、運ぶ足をとどめ、眼を放つ
天空と、煙る波頭、捻《ねじ》れる空気、へこんだ大地よ
いつか、おまえが
広々とした土をひろげ緑に濡れた草原に換わる日まで

生きよう
なだらかな地平　なだらかな命
歩を進める　そして　黄砂の黒い春

黄砂は、主として乾燥地帯（ゴビ砂漠、タクラマカン砂漠など）や黄土地帯で強風により吹き上げられた多量の砂塵が上空の風に運ばれて日本、韓国、中国などで降下する現象をいいます。濃度が濃い場合は、天空が黄褐色となることがあります。一般的には、春季（3月～5月）に多く観測されます。

地球全体の風成塵は約15億トン／年（ICPP95から）と見積もられています。そのうち東アジアの黄砂は2～3億トン／年、サハラ砂漠の風成塵は2～3億トン／年といわれています。東アジアの黄砂は、日本には1～5トン／km^2／年、北京には15トン／km^2／月、沈着していると言われている。２００２年3月の黄砂では20トン／km^2が沈着しました。黄砂が地球温暖化に対しどの程度緩和要因として寄与するか評価するために黄砂全量の把握が重要です。

Ⅱ．アジアの黄砂

1．黄砂の発生地帯

タクラマカン砂漠、ゴビ砂漠、黄土高原の3地区併せて日本の面積の5倍程度にあたります。タクラマカン砂漠は見渡す限りの砂漠ですが、ゴビ砂漠は5月ごろから草原になります。ところが過放牧などが原因で草地が減少しています。そこで砂漠化を防ぐため、方形に植林が行われていますが、この植林をどこにどの程度植えればよいかの適正配置が課題となっています。

アンコールワット

蒸しあげる大地の上空、信じられない青い空
ややくすんだ五基の赤土色尖塔を載せた岩船
静かに・静かに漂う緑の水
水の幅百九十米神殿群を囲むこと５６００米
おまえ、アンコール・ワット
眠り続けるのか、微笑み続けるのか千年
地表を渡る風にのせた優美な均整
神殿と呼ぶには、あまりに優雅な威容
眼は呆然とシンメトリーを追う

西門を進み神々の館に近づけば
壁龕《へきがん》に妖しく舞い呼ぶデバダー
天上の調べにのせて妖艶な腰を絡ませる
天女アプサラス
岩に穿った姿ではない
艶かしい生き物、はじける花粉
一瞬、聖なる神の園を犯していいのかと

我が身を疑ってみるのだ
遠い遠い
神々の荒ら荒らしくもほほえましい物語
浮き彫りの壁群
あなた　ヤショーバルマン一世
神王崇拝の神殿は人の世の至宝に成った

王は、自身の命の永劫を
ワットに託した
この壮大な造形物は
クメールの民に幸せの永劫を
与えたはずだ…偉大なクメールの王
いつの日か
あなたの民が未曾有の
断末魔で血で地を汚す事を知っていたか

朝陽の影に
アンコールワットが歌うという
天空の光と
ヴィシュヌの威影と
その妻、女神ラクシーの美と幸福の虹

神鳥ガルーダが
率き連れる光の
シンフォニーが見える
サンライズを観たい

神の世から千年
人間界のサピエンスは、眠い目を
しょぼつかせ
薄暗い聖堂の石畳を
群れながら、興味一杯に歩む
サンライズショー

闇から抜け出るワットの
厳かなシルエット・スバエク
黒・紫・うす桃色……
ぱっと輝く光輝
雄雄しい神殿・アンコール
光は満ちてゆく

そして、私は
悲しいサピエンス
この国の民、クメールの
百七十万の
非業の痕跡を背負う
アンコール・ワットの
悲しみの声を聞いていた
それは、遠い民の王
ジャヤーヴァルマン二世の
嗚咽かもしれない

トルコ紀・序

ガイド
アルパッサンの眉は太い

彼方　ハッサン山から
舞い上がる風塵
翳む　カッパドキア
あれも　これも異界
妖精の煙突さえ揺する気流
巨大な地殻

ロバと往く
トルコの親爺は　ビクともしない
アナトリアの陸を
踏みしめた　足と足

大地への信頼五千年
チャイはどうだね
アルパッサンの差し出すトルコ茶
小さな渦　ほのかな湯気

トルコは言い広めるのが下手だから
チューリップはオランダになって
ペルシャの絨毯なんて
大きな事はいえないぜ

西で絶えたブドウは
この大地で生き返ったのさ
みんなみんな
トルコの土がふるさとなんだ
だから俺たちゃはどんな時でも
自信満々

眉の下の大きな目
西も東も　くまなく映る
太い指をそろえて
見る彼方
イスタンブールははるか
喧噪は届かない

大地の真ん中
オスマンの末裔は
悠久のアナトリアを飲みほした

妖精の煙突＝トルコ・カッパドキア奇岩の愛称

トルコ紀

蒼　天と海　マルマラ海と風
ミナレットを駆け上る　地を揺るがす肉の声
優*しさと謙譲の心は大地のごとく

眉黒い確かな瞳の人々が笑う・話す
イスタンブール旧市街・焼き栗の煙
感*情の心は海のごとく

神の叡智・アヤソフィアに光が零れる
ふたつの教えを咀嚼した胃袋ドーム
静かな朝

施*しとするのは流れる水のごとし

黒い潮と青い潮を結んだボスポラス
人間の血潮は赤く燃え続ける

愛*と慈悲は太陽のごとく

ブルーモスクはスルタンの夢
海峡に渦巻くターコイズブルーの帰結

他*者の欠点を覆うには夜の帳のように
ありのままを見せなさい

ビザンチンの夢・コンスタンチノープルの熱
生き物を押しのけた人間の漆黒

おいで、おいで、みんなおいで*
誰でもおいで　仏教でも　無宗教でも
ユダヤ教でも　私の僧房で希望があります
自分自身であれ、もしくは、あるがままであれ

昨日も・今日も　バザールに飛ぶ数万のことば
芳しい乳香の思念　トルコ絨毯の安逸と寛容

さあ　旅人等は　どこへ

*イスラム、高徳の師の言葉

南回帰線の果てで

影が、足下に消えるという、回帰線は少年の日の神秘だった
それから、人生をいく曲がりもした日
高度９０００ｍを飛び去るジェットの中で
私は南回帰線を越えた
それは確かな現実のくせに神秘のひとかけらも無かった

舞い降りた地は南緯37度の空港だった
オランダ人はその地を
ニュージーランドと言った
カピタン　エイベル・タスマンの故郷に似ていると言うだけだ
奴の来る６００年ほども前、この地にやって来たマオリは
とっくの昔にこの島は
アオテアロア（Aotearoa）だと宣言していたはずだ

島は、緑かぐわしい吐息に狂おしい甘さだった
湖は信じられないほど青かった
人々はミルキーブルーと崇めていた
しかし透き通る清純な冷水たちは、
人間に一言も話さなかった
白く雄々しいクック山だけは、妖精たちと
銀に輝く激しいエネルギーで結ばれている

燃える血を持つマオリの力をも
科学というおぞましい武器を手にした
西洋人は、大地から生き物に向かって
鋭い棘を突き立てるスネイクパソックを
ありとあらゆる草木たちをなぎ倒し、羊を放ち
犬を駆り立て、たかだか人間のくせに
島の衣を剥ぎ取っていた
たしかになだらかな牧草の延々とうねる緑の大地
恐れを知らぬ綿羊たちの長い長い時間との戯れ

それらはやさしい自然を演じている

南島の霊峰よ、決して語らぬ湖水よ
時を忘れた淡い雲
ワイトモの洞窟精霊の青い花火、土蛍
人間に食べつくされた鳥、モア
気管を研ぎ澄ます大気
ねえ君たち
それでも人間を許してくれるのか

スペイン断章

蒼穹
吊し生ハム
風はセビリアの涙をのせて
砂にぬれたオリーヴの丘をうねる

黒い牡牛
激情…血
コリーダ・ド・トロスのさけび

コルドバは背後
街のカフェ　黒い髪の少女と
ほほえみのこだま
胸に染み込む白い指　にじむ記憶
誰にだってトレモロは　愛

そんなひとみの午後だった

思いをちぎり　旅人は散ってゆく
風に向かって走る東洋人
小手の彼方に
その街は……あるのだろうか

突如　息を止めて少女の名が
ひかる花弁に浮かんだ時　ルイーズ
おお…無数の黄金
うねる　ひまわり　ヒラソル
ヒラソル　ひまわり
群れ…群れ…群れ

花の見上げる青空に
切り裂く断絶それは光線
そこにも太陽の黄金

コロンの夢は　今
大地を染めた
エスパニョーラ
オレ・おーれ

スパニッシュの明るい舌に
旅人は弾かれていた

〈スペイン語〉
ヒラソル（girasol）＝ひまわり
コリーダ・ド・トロス（corridas de toros）＝闘牛
コロン（Christopher　Columbus）＝コロンブス
エスパニョーラ（Espanol）＝スペイン
オレ（Hola!）＝やあ！　こんにちは

風と光の大地にて

風を捉えて羽根とはね
くるりくるりと水を汲む
日がな一日水を汲む
容貌高く空の果て
黒衣着た修道僧の姿して
風を捉えた塔風車
くるりくるりと水を汲む

世界は神が創られた
オランダは
オランダ人が造ったと
低地ポルダーの人々は
自信に満ちて語り継ぐ

キンデル・ダイクの堤にて
光は縦に水を這う
鈍色の水・鈍色の葦
風を湛え整然と
並ぶ風車は十九基
水路に漲る意志を見た

かつて極東の島国で
この地に思いを馳せた蘭学者
江戸の空から光を求め
オランダ正月の宴を贈る
その昔・１６００年
ロッテルダム社の帆船
「慈愛号」は僚船４隻を失って
漂着したのは臼杵湾
風車を回した風は帆船に
科学の光を載せてやって来た

オランダ人は三浦按針《あんじ》・耶揚子《やようす》と
名を変えた
われ等の国のオランダ人

水波は地の果てをめぐる
風を引きつれ光を載せて
水の大国北海の辺

時は西暦１０００年
ネーデル・ラントの低湿地
水は大地に溢れ出す
フランドルのユトレヒトの
木靴を履いた農民達は
運河を連ね土を積む
天地に挑む・意思を積む
低地を囲む堤延々
恐れと悲しみの記憶も数知れず

たとえば聖エリザベートの洪水に
「こども《キンデル》・堤《ダイク》」の名を残す
けれど
風車を知ったその日から
水は風に遵《したが》って水路を編んで北海へ
オランダは造られた

オランダの風と水は
レンブラントの「夜警」の中に
フェルメールの綾なる光の母となり
今日も水路に輝いていた

カルナバルの女

Ｏｈサンバ

ボア・タルデ
ボア・タルデ
ジャポネース

リオの空おーきい
ピント・ピア
サンバ・サンバ
叫ぶ、歌うカリオカ
私の心をどうぞ
跳ねるサンバ
火をふくサンバ

ファベーラの魂が
生き返る日
Ｏｈ・カルナバル
Ｏｈ・カルナバル

私はあなたを連れて行く
リオの空へ
リオの海へ

タタタ・タカタカ・タタタ

タタタ・タタ・タタ・カッカッカッ

ビロンゴ・ビロンゴ

ボア・タルデ
ボア・タルデ
ジャポネース

地球はまだまだ
回り続ける
サンバ・サンバ・火をふけサンバ
Oh・Oh・Oーh

ノル・ウエイの風

フィヨルドに満ちた
群青の水鏡　水面は
白雪をいただく
蒼い連山を射影する
川カラスが静けさをやぶり
ゆれる波紋　遠い雲
語りかける屋根に
杏《あんず》色の暖気

水辺に沿った道は続く
旅人達の歩みは　無口
街道はるか
トロルの潜む

黒い緑の蓑をまとい
行けども行けども
延々と重なりつづく
唐檜《とうひ》の樹林

陽を忘れた森の気圧

極北近いこの荒野
飛び散る風雪
ハダンゲル高原１２４７ｍを踏む
見つめる黒雲の彼方…
ノル・ウエイ

この地に潜む英知の民
１１００年の氷雪を
巻き上げ
ハーラル美髪王の雄たけびは

時空を飲み込み　落下する

西の彼方ベルゲン
燃えるヴァイキングの魂を包囲した
ルーテルの十字架
末裔達の世紀
助け合い・睦みあう英知に
王は安らぎを得たのだろうか

風はノル・ウエイに吹き荒れていた

バルカンの果てで

干しあがった
イチジクつまみあげ
ハウマッチ？
たどたどしく訊く私
城砦都市ドブロブニク
プラツァ通りの朝市
風が人に触れながら舞いあがる

赤毛の小太りの小母さん
目をくりっとむいて
微笑む口先に　指２本

石畳の広場に
ガサガサと群れる東洋人

小母さんの声は
青い空に飛び上がる
サファイア色の海に
全ての思いを溶かした自信

ぶどう・トマト
レモン・ピーマン
バナナ・束ねた花と花

黙って座る
店番の小父さん
皺もスラブの文様に
見とれる　見物人
われら

頭上に浮かぶ雲が

観ている観ている
人間と　海
その名は
アドリアの海

アドリアの真珠とは
ちょっと気取りすぎだぜ
城壁の塔から見下ろす
ドブロブニクの
カラスは言った

帆船のマストから
かもめが
かなきり声で発言する
アドリアの真珠は
コルティナの島々よ

7世紀　ギリシャ難民の
辿りついた地
古名　ラグザ
生まれ消える夥しい支配者
ビザンチン帝国の
ベネチアの
ハンガリー・クロアチア帝国の
ナポレオンの
ハプスブルグ家の
そして、今　クロアチア共和国

クロアチア人
セルビア人
入り混じる
スロベニア人
スラブ人……人人人
争う血　号泣・希望・喜び

思いは
アドリアの海に溶け合って
深い藍色となった

カルスト台地　頭上に
白光の陽はそそぎ
フェニックスの葉は眩しかった

イザベルの花

カサブランカ
おまえは遠い地平を眺望する
気高きユリ

ロシア貴族の末裔
イザベル・エベラール
若き命を
チュニジアの地からモロッコへ

凍りつく白い肌に秘められた愛を閉じて
旅を終えた　その地
幻の都　カサブランカ
砂のかなたに　蒼く拡がる水と

真っ直ぐな光線をあびて　凛と立つ
白蝋の花弁
孤をつらぬき天に向かって
生を歌う雌しべ
イザベル
そのあやしく濡れた　ふくらみ

カサブランカ　白い尊厳
カサブランカ　謎の大地
カサブランカ　蜜の香り

おまえを支える大地こそ愛を茎につたえ
豊暁の花びらを育んだ
その名は花神カサブランカ　どうして
カスバの女を滲んで歌う

この日もイザベルの夢を宿して

おまえは
熱砂の大地に白く白く
燃える
白く
カサブランカ

２００１年秋・カサブランカにて

*

曲がり角

私はやっとここまで辿り着いた
坂道は輝く湖から這い上がっている
浜大津、裏町の昼下がり
アメージング・グレースが
熱に噎れて漂っていた

風が浜から身軽く昇って来る
私のどこかで
汗とコーヒーがめぐり合う
歪な心の塊が琥珀の渦に
ポロリと落ちて回り始めた

それは
50の坂を登り始めた私の

涙のように頼りない回転
指は次の人生を！　と探っているが
気まぐれの風は少し微笑んで
行ってしまう

夏はこうして去って往く

ミシガン

―その日
私たちのため
太平洋上の多湿な前線は
変化に富んだ天候と
風たちの賛歌を送ってくれた―

遠いみやこと伝え聞く
近江大津の浜辺をたって
千年の湖水をたどる
外輪船
その旅船を「ミシガン」という
救い上げ、汲み上げ
押しのけて

バッタン、バッタ、バタ、ドット……
水糸を織る機織船

寄せては、弾けるしぶき
愛色の水
そら！　白い甲板！　高い太陽
青い宇宙
照り光る赤いパドルに
絡まる無数の情念

湖南から湖西へ稜々とつづく山容を這い登る
積雲たちの
紡ぐ白雲は変幻自在
人々の心

私は流れる気流を飲み込んで
きみの掌を取り

南の風に翳《かざ》す
やわらかな心
懐かしい想い
湖に翔ぶ

湖上に立揺らぐ帆いくつ
数えるきみの瞳をなぞり
飛跡を重ねる私
あかねトンボよ　もっと舞え
二つの心よ蔓となれ
天空さして巻きあがれ

無数の鱗となって光り輝く
びわこ
びわこ
びわこ

さざ波は
母のうたごえ
湖のしらべ
ミシガンの航路は愛

丹後小景

五月の風が海を往く
艫漕ぐ舟の波静か
丹後の島のしとやかに
潮のうち来る岩影は
夕日の色も懐かしい
小高き丘の頂に
たてる少女の眼差しは
青碧遠く空の果て
ロシアの姫の子守唄

東の空の暁に
松搖れたちて潮は飛ぶ
丹後の島の勇ましく
包抱きしリアスの腕よ

半島めぐる砂道に
気まぐれ昼中の風は舞う
砂塵の舞のおもしろく
崖に吹き抜け消えていく
海は安らぎ空を見る
青空優しく海を見る

恋を抱いてひたはしる
半島巡る七曲がり
山の衣はキラキラと
新緑照らす温かさ
知れぬ小鳥の歌の音に
ふと立ち止まる山の湖
湖水の面さざ波の
揺れて心もふるわせる

夕張り落ちる山すそに

働きおえた農夫らの
語らい深く去っていく
丹後の島に夜がきた
潮の遠吠え波の歌
松の小枝をなぜるとき
恋の潮風なみこえて
異国の果てをさまよいぬ

丹後の島に風渡り
思いは遥か海を打つ
丹後の島に風渡り
思いは遥か海を打つ

ある風景・布袋

伏見人形の布袋さん
なんで消えた
京の町家の棚の上
荒神棚にならんではった
小さいのから大きいの
ひー・ふー・みー・よー
いつ・むー・なな
七つ揃たら　大めでた
家中　元気　笑い声

暮らしつづけた家族たち
京町衆の　お七人
一年無事やったら布袋さん一つ増え
そして元気でまた増えた

そやから、揃た
七つの布袋
生きてることの逞しさ

日枝のお山に雪が降り
雪雲・ガサガサ町隠す
底から冷え冷え　走り庭
井戸に水屋のその奥に
黒煤こってりおくどさん
すす黒は凶事《わるごと》たちの消し炭色
降り積もる災いを塗り込めた
荒神棚におくどさん
七体揃った布袋さん

京子はんは、はるかな日
先立たれた先輩
京一さんの奥さんやった
笑い声とお喋りのだい好きな

ええ人や
救急病院に駆けつけた時
京子はんの口から垂れていた
涙のような唾液
この家族たちの
いろんな日々が
鉄のベットを回っていた

お山がうすい黄衣《きごろも》にかすむころ
布袋さんは消えていた
家族が旅立つごとに
荒神棚の布袋さん
皆　居無くなる

なぜると心地よくくすぐったい
噎《む》せるほど愛おしい土の色
伏見人形の布袋さん
止められない悲しみのおわり

鹿踊り ── 賢治追慕 ──

東北の盛岡の野に
たかくたかく紫の雲流れ
旅ゆく二人とけてゆく

風混じる太鼓の太音
うねり　うねり
紅・藍・萌黄うたいだす
色鮮やかに鹿踊り

「どでけんじゃ　どでけんじゃ」
くるりくるりと舞い踊る
飛ぶぞ・ゆれるぞ
盛岡の野

私の心は飛んでいく
ポラーノのひろば
テレ屋の賢治、百十一歳、
あなたは目をほそめ
立っていた

「世界全体が幸福にならなければ、
個人の幸福もあり得ない」

「どでけんじゃ　どでけんじゃ」
テン・トト　テン・トト　トト・テンテン
ササラ　ひゅんひゅん　風を切る
人も太鼓も獅子頭
回る跳ね跳ぶ　鹿踊り

優しいこころは鹿に聞け
捨ててしまった心を拾え

幸せ感じる太鼓の響き
愛する心よ還っておくれ
賢治の呼び声消えてゆく
人の世界を去ってゆく

「どでけんじゃ　どでけんじゃ」
「どでけんじゃ　どでけんじゃ」
盛岡の野

柳生の里

小高い「剣塚《けんづか》」登り口
春の陽を翳し瞳を放つ

南に開けた柳生の里
気は水滴に変わり
葉脈をはねる鶯の声
ここに
清々しい私の春

武《ぶ》は何を守った

時
四百有余年
この狭隘な北大和に

武の主は消え
木々に巻きつく柳生新陰流

しなやかに群咲く
霧島つつじ
若葉は包む
家老屋敷

この里一軒の造り酒屋
人懐っこい女将の指が
勧める濁り酒
胃の腑に眠りつく甘味

柳生に武の主が消えて
何が残された

世々を経た里人の跡

静寂の甍
これでいいのだ　と
苗代の蛙が
ケロロ・ケロロと
歌い尽くす

地球の上空で主を無くした
武器と無頼の武
無情と狂気が
鎧を着けた

この日、柳生の里で
藤のあわい紫は
トテツモナク哀しい……

佐保・水鳥の祈り

いつもしあわせありがとう
流れが心地よく足をくすぐった
カモとアヒルはちょこりと頭を下げた
佐保川の風はほほえんで、くるりと一回り

ながれの源に深く静まる
春日の山の原始林
悠久の命を蓄え樹々をはぐくむ
今日も……

水鳥たちは　あの常緑の
一葉一葉から生まれたのではないか

ある日冬の予感の一陣の風が舞って
アカガシやイチイガシの葉は空たかく
北の大地シベリアの野へ

やがて
色あせた
葉っぱたちは凍えはじめた
ふるさとへ、ふるさとへ
思いは空へよじのぼる

雪雲と氷の精女たちは葉と葉を
愛らしい水鳥に変身させた
その羽根をふるわせ
春の光のふるさとへ
さあ…お帰り…と

この柔らかな佐保の流れに
おまえは　真鴨の
遠い・遠い昔を
鼓動の中に聞いているのだね

弥陀ヶ原・讃えうた

冬
越の山塊
すべては氷と雪一面
誰もいない・誰も知らない
神と仏の沈黙と白の起伏

案内人　*仲語《なかご》が背負う人のさが
果ては根雪よりも断ちがたし
絵解き・夢説き・仏の姿
「心に心を問うならば、などかは
　これに替わるべし……」
　陰陰揚々響きたつ
　　曼荼羅世界立山雄山
白い衣に滲み立つ　若芽・みどり目

草々の歌ひそか
光だ・蒼穹・気相冷たく葉をなぜる

初夏・仏は姿を変えた
弥陀ヶ原　高原２０００m
おはよう　カッコウ
さぁーおきよう　ウグイス
小鳥の声々　広々と広がる花
小さき貴婦人タテヤマリンドウ
紅く艶やか　神楽鈴のハクサンチドリ

光だ・黄の緑だ・喜びだ
藍色深く・ガキの田いくつ

九千年の泥炭のまどろみに
ラピスラズリの清水を湛え
悲しき伝えの
深山蛍藺《みやまほたるい》を育てる

水辺を囲み草原に
優しいワタスゲが群れる群れる
綿毛の　小さな白いため息の譜
風と奏でる弥陀の歌

越えよ悲しみ　輝け陽光
這松《はいまつ》の針葉から
露の瞳で見つめる雷鳥
時は輝く草原に
命が動く・空を・樹幹を・草原を

人は、ただ手を陽にかざし
緑の草に曳く影は
大きな大きな「大」の文字
朝日の中に　百の光はめくるめく
香華の大地弥陀ヶ原

＊かつての信仰登山の際の案内人

さよなら

瀬戸が金色に化粧する
鳥が帰る夕日の島
あなたもそうして家庭へ帰る
私の幸せ半分もって
出会いは決して嘘じゃない
クローム色したまぁるい世界
愛の滴が爆発してた
青春色したページを閉じる

あとは去り行く銀色の波
さよなら青春
さよならあなた

山陰海岸の冬

影もうつろなくろ松林
その吹きつける風痛く
忘れさられし冬の日の
中天高く陽は歌う

されど！

北の海原奴涛に叫び
山々の陰
潮々の狂いは
蜃《しん》気《き》楼《ろう》の冬と知れり
デッキに立てる船長の

憂いに燃える日は悲し
そわ少年の
逞しき水夫の歌を追うごとく

されど！

君らが見た寒海と
終《おわり》なき厳格を秘めた黒沢の空から
直滑降の素早さに炸裂する
シベリア大地の死霊は
颪となり
雲母となり
龍《たつ》巻と変身して
君らが見た故郷のかぎりない想い出を
フイフイと打ち鳴らすのだ

清水

おびただしい人々が
謎のように消え去る時
夕日は
円《まど》やかな音羽の山に
語りかける

滝はひときわ高く
この日を歌う

清水の舞台
影一つ
重い時が甦る
流浪の風が
今宵のねぐらを求め

堂宇をめぐる

音さえ舞台の下に消える頃
女人の観音経は
途切れ・途切れに
切々と
円い桧肌の屋根を這う

やがて闇を切り裂いて
願いは一つ
落ちて行く

朧に光る京の町

ああ祇園

夕ぐれて
打ち水の石畳に
紅い光が燃え上がる
みて！
君が呼ぶ

白川のせせらぎに
水をふくらませて
二匹の鯉が昇っていく

うん！

風が昔から還ってきたよ
ずーっと・とーい時間に
撫ぜられる
京の町

Ⅲ

疏水　――限りなき水へのオード

新・京の風土記

黎明

孝霊五年淡海に
一夜
地は裂け
湖が出来た
時に
遠つ淡海に富士が湧出した
と、遠い人達は言う①
地に如何ほどの忿《いか》りが溜り
天にどの様な憤怒が砕けたか
人々の驚愕は計り知れない

大地の伸びやかな優しさは
裂けた地に水の潤いを与えた
水！　天と地の限りない愛
水！　この譬《たと》えようもない始源
水！　この凝縮

慈む愛の波動は輻輳する
波紋を重ね
生き物達の数億のドラマは
坩堝《るつぼ》となって燃え滾《たぎ》った

遥かな旅程を流れ
走り、漂い、静まりながら
伝説と神話と
創りあげられた栄光の数々は
何処へ！

そう彼方！
悠久の見る事さえ出来ない彼方
単光が漂い②
生命の序章は寂しい空間
あれは
湿潤気体の世界だった
握力の全てを否定し

流動の思想が廻る世界
原始球体の意味を知る由もない。

あなたはここにも母をみるだろうか

メタン！　アンモンの蒸気③
水素ガスの温流
雷鳴に発火する生命のドグマ
セントラルドグマの階④
母の包みこむ偉大さにおいて
母の潤んだ思想において
母の無低抗の優柔において
母の飽くこと無き逡巡において
母の恒久の慈愛において
水……一滴の巨大な意志

ここにボルガの母に育まれた
オパーリンの夢は

コアセルベートの⑤
原始海洋を
流体に纏わりつく
悲しみを残しながら
突き進む

いつの日か
ぼくらの手に
高慢に握られたＤＮＡの鎖と
解説書
文明の狡智に数百デシベルにも⑥
増幅された
ぼくの耳には
今、一滴の伝説もない！
あなた！
母よ！
水の精霊の母よ！
あなたの悠久をぼくにください。

つぶやき

ふしぎな透明
きみをコップに流し込む
ガラスの規律を伝わる
流体

鮮やかな気泡
疲れきった
この日も
ぼくは透徹る君を
荒々しく呑込む
喉が軋み
体の硬いボルトは緩む
透明という
無限の静寂が
細胞の島々にしっとりと
浸潤してゆく

すると　ぼくの体腔で
水よ　君のありとあらゆる
歌声が聞こえてくるよ
山狭の風や
雨あがりの川辺で
緑の葉脈からしたたる冷滴
きこえる
川のうたが
〝水よあなたはどこから来たの
水よあなたはどこへ
流れてゆくのですか……〟⑦

ヒンドゥーの水

ぼくらは
今真に愛される水の姿を

求めねばならない
朴訥なヒンドゥーの民の
生活の日々を語らねばならない

君が嘔吐を催したという
ガンジスの水を
細かく細かく剥してゆく
芥、腐臭
解体した生物のぬめり
土塊、死骸
赤い！　黒い！　黄色い！
粘性と活土
あれも、これも
微細に微細に分離した
底に〝水〟は姿を見せない
恥いり踞《うずくま》るものは
生きる為の残渣
自然の魔術師がどうしても

造らねばならない
美の贖《あがな》いの影
人々は水の信仰の
あまりの清《すが》々しさに涙さえする
水はヒンドゥーの人々の
体内にあった
遥かヒマラヤの源流
シバ神の髪の毛より
放たれた一条は
ベンガル人の
タミール人の
ヒンドゥーの人々の生命を包み
広がり

ある時はモンスーンの
狂人となって
豊かに大きく
荘大な音楽となって

ヒンドスタン平原を往く
バラナシ、天国の門を潜り⑧
ガンガサガールで⑨
天に至るという
ガンジスに嫁した
女神カーリーは
ドルガプージャの祭りの日⑩
人々の巷に帰る

シバ神が　ビシュヌが、カーリーが⑪
偉大な聖人クリシュナやラーマが⑫
ヒンドゥーの熱気に燃える
人達は
「ガンガは母です」と
誇らしく語る

あなたの国の東
ぼくら極東の島国

少しの傲りや彩度の低い色を保ち
人の日々をくねりながら流れる
幾百条の水流はどうだ！
かつての清流を
忘却の彼方に押し込めた
民族の知意の終、水――。
分離することも出来ず
粘着し合体し悪欲禽獣の性
練金術師の少しの夢をも
かなぐり捨てた
化学
渦巻く知能に奢れる者どもが
投げつけ、蹴とばし、唾《つばき》し、
罵り、嘲笑う真直中を
流れ、流れねばならぬ
河よ！　川よ！　流れよ！
飽くなき欲望の排泄口
物質群の声も出ぬ悲しさ

〝聖なる水〟
あなたは〝ガンガ〟と呼ばれ
限りなく人々の熱い想いを溶かした
水の精
あなたは至高の意味を持った
このヒンドスタンの平原を
流浪し！　流浪し！
人々の心の襞に
苦悩の襞に
猜疑の襞に
まつわりつく人間の煩悩さえも
含み
包み抱いて流れ往くよ

あなた
夕ぐれのガンジスよ
ベナレスのガートで
人々の滑らかな沐浴に
サリーをドーテーを[13]
潤んだ心をしっとりと濡して
瞳深い乙女の額に
愛の証ビンディを輝かせ[14]
喜悦の油液をたっぷりと吸って
ガンガはゆく
ガンガは往くよ！

ウンディーネ[15]

ヒタヒタと打ち寄せる
船べりに
溶けて消えてゆく…………。
泡沫の掟に抗する事も出来ず
ドナウの流れは音たてて

下流への使命を送る
男たちは
勇気ある者たちは
君のことを終生忘れない
君が魂ゆえの愛に
いとしいフルトブラントを⑯
涙で殺害しなければならぬ
水の悲しみをぼくらは
忘れられない

水は魂を持つ水精を造った
ウンディーネは水の精
きみは魂なんか持たなければ
よかった

「魂って可愛いものらしいわね……
でも、とっても恐ろしいものかも
知れないわ……」

きみは無邪気なままでいればよかった
ウンディーネは人間に背かれた
水界の美女
愛に偽りがあるとき
夫を殺さねばならない
涙で！　涙で！　涙で！　殺した。

水は異次元の人間界に
話しかけてみたかったのだ
流れる　流れる
ウンディーネは世界に満ちている

水路

明治23年
早春、湖南の風は凛として厳しい

三井の梵鐘が霞の中を縫う
湖水は三保ケ崎を立つ
淡海大津の都が露の滴と消えて
やがて生まれた平安の都に続く
遠い歩に似て
緑の水路は静かに離流する
変転！　豹変！　怒涛……
世が移相する激なるか雄たけび
風雪の中
一群となり
緑水に魅せられた男たち
彼らは
水精の妖しい吐息に
燃え滾ぎる情熱で応えた
青年！　サクロー・タナベ[17]

あなたは水を求めた

文久元年江戸に誕れ
工部大学校に学んだ日々
曙の微光の中に
水の歓気に満ちた全能の姿
思慕の想いは
ウンディーネとなって
若葉のしなやかな
あなたの心に溶け込んだ
流れる
水は流れる
流れつづける
長等山稜下[18]
冷気を浴びて隧道へまっしぐら
断面馬蹄アーチ形
第一と第二の立抗から
射しこむ日光に
時として銀鱗の光輝を見せて
くぐる、くぐる、

辛苦の暗窟
光は白い渦を巻き
隧道は開く
水はうす青い山並を映して
山科盆地へおどり出る
藤尾！　諸羽山！　安朱！
天智陵の北を廻り
日ノ岡山隧道へ
吾国最初鉄筋混合土橋を潜り
九条山を抜ける
眼下に開く京の街
対峙する水
そこは船溜り
直下40米岡崎の平地へ
流れ下る水は
ペルトン水車に激しく絡む⑲
回転の歓喜は唸りをあげて
エジソン直流発電機を回す

出力80kw
二千馬力は都に新しい時を運ぶ
開化に酔う人々に
驚嘆を撒き散らせ
分かれた流路は
赤いレンガの
南禅寺水路閣を渡り
東山を廻り洛北へ
田園をゆく
湖水を立った緑の水達は
行程11・47㎞の残響の記録を告げて
「混々として加茂の流れに入りたり」

創る

京《みや》に湖水を誘《いざな》う想いは

江戸の世から人々に願われた
舟航する流路
山のような品々を運ぶ
宝舟、
請願の書に綴られた図
山を穿ち川を縫った計画は
幾度か夢から醒めようとした
が、水は流れなかった

「交通幹線計画」
明治14年20才の青年
サクロー・タナベは
永い人々の夢を再び世に問うた
壮大な夢なら
なお
京の人々には
巨大な水積は計り知れない
恐れであった

「なんやて！
近江の水を浚くて
そんな　あほな！」
「うちらの都を水瓶にはさせへん」
「鴨川晒《さらし》はどうするのや！」[20]
「京《みやこ》の女はどこで顔洗うんや！」
「わてらそないぎょうさんのお金
払われへん！」
街の人々の声はゴウゴウと響く

押し寄せ　くり返す
水路を阻める軋礫に屈せず
タナベをキタガキを[21]
進めたものは…
水。
水の高責に輝く姿
水精への激溢する思慕

彼らの心底に
さらさらと流れ続ける
清らかな音を聞けばよい

明治18年6月
水神山ふもとの検屈場に[22]
「轟音とどろき土塊打ち上ぐること五十間」
水路工事は叫びをあげた
進めど！　進めど！
岩石は固く
息の根止まる土巧作業
長等山腹角硅岩盤
厳としてはだかる
湧水！　暗黒！　粉塵！
土圧を破ってハッパが進む
日浅い文明の利器
蒸気ポンプは停止の連続
土砂崩壊……生き埋め

工事はむごい！
人々は一歩を踏みしめ進んだ
粗末な器械に
人々の知能が全力をあげる
竹テープを巻く[23]
測る目はランランと輝く

断面馬蹄アーチ形
赤レンガ巻きの隧道は
西へ向かって一歩一歩
京の都へ進んでいった

みはるかす大洋の彼方
自由の大地アメリカへ

明治21年10月
横浜を出帆したアビニシア号
15日の船旅はカナダ

バンクーバー
水の可能な光を求めて
二人の工人が往く
陸路カナダ太平洋鉄道
モントリオールを経て
11月11日ニューヨークに立つ
タナベとタカギの瞳に
交錯する新大陸の文明は
ポトマク・モリスの運河
ボストンの水道
リン市の電車
ローエルの水力工業
いいやそれではなかった
彼らが求めたものは
この大陸の西三千キロ
馬車を駆って
目指すはアスペン
コロラド山脈の峰

5日の昼夜走り抜けた街
ピッツバーグ・シンシナティ
インディアナポリス・セントルイス
カンザス・デンバー
そしてアスペン鉱山
峡谷に創られた
水力と電力のささやかな結合
稚拙な六百馬力の曙は
極東の島国に
水波の無限の実在として
二千馬力の直流エジソン発電機の
唸りをあげた。

「ヲヤマーきれいやの、ワイワイと
叫び、ヨウヨウと謳い、
ポンポンシューの花火、何だか
ガタガタした事があったが、コリャ
どえらい盛挙やら」

これは人々が喜んでいる姿です。

明治23年　春
日ノ岡山の桜花は艶やかな光を
飛び交う小鳥に与えていた
せきれいは
甘い湖水を羽根いっぱいにあびた
洛中の人々は群をなし
鉾を建て
祇園囃子を奏で
うかれうかれた
もう絶ゆることない水の
流れを見つめた
観る人の群は後から後から
たゆることなく生まれた。

オード

雨だ！
おれの顔は
天に向かった
水は、しとど流れた
瀑雨の中に突き刺さった
おれは
力のかぎり
オンディーヌ!!(24)
と叫んでいた。

〔注解〕

①『倭漢皇統編年合運図』明和八年辛卯五月京都寺町三条文華堂発行右書中に、孝霊五年乙亥近江湖湛ウ……・考安九十二年庚申六月　富士山出ル……〕とある。

②単光＝自然光をプリズムで分光し得られる単色光または、レーザー光線のようなコーヒレントの高い単一波長の光をさす。

③アンモン＝アンモニウムの俗称。

④セントラルドグマ＝量子生物学の用語で、一九三五年に、ワトソンとクリニックにより解明された、DNA二重らせん模形による、「生命の中心説」のこと。現在では「タンパク質の合成」と呼ばれる。

⑤コアセルベート＝オパーリン（ソ連の生化学者）らの説にある、地球生命の発生過程で原始海洋中に、含まれたタンパク質化合物がさらに複雑に進化した生命誕生母体の液滴。

⑥デシベル＝音量の単位（dB）

⑦〝水よあなたは……〟＝バラモンの古い歌。ガンジスの讃歌。

⑧バラナシ＝ベナレスとも呼ぶインド最大のヒンドゥー教の聖地。

⑨ガンガサガール＝ガンジス川がベンガル湾に注ぐデルタの先端地、川の旅は終わり再びシバ神の世界にもどる。

⑩ドルガプージャの祭り＝インド、南ベンガル州最大の祭り。女神ドルガが嫁入り先のガンジス川から里がえりする日。

⑪ビシュヌ＝ヒンドゥー教の二大主宰神の一つ。
カーリー＝ドルガの化神でシバ神の妃神。

⑫クリシュナ＝もとは聖人であるが、実はビシュヌ神の化神でもある。
ラーマ＝薔薇色の瞳を持つ、インド神話最大の英雄の一人。ダルマを体現したとされる。

⑬ドーテー＝ヒンドゥー教徒の愛用する、民俗衣装。
⑭ビンディ＝「点」という意味があり、ヒンドゥー教では眉間は特別な場所、物事の真実を見極める第三の目とも言われる。
⑮ウンディーネ＝ドイツ後期ロマン派の作家フーケーの『水妖記』（岩波文庫訳）中の主人公、水の妖精。
⑯フルトブラント＝⑭の作品中のウンディーネの恋人、夫（人間）。
⑰サクロー・タナベ＝田辺朔郎：文久元年江戸生まれ。明治18年、東京工部大学校卒業後、北垣京都府知事に望まれ、びわ湖疏水工事を完工し、明治23年、若干29歳で同水路を完成させる。
⑱長等山＝大津と京都山科の間にある山。第一びわ湖疏水の隧道と立抗があり、疏水工事の最大の難所となった。
⑲ペルトン水車＝水流の衝突で羽根を回す水車、タービンの一種。効率がよく、発電用水車として用いられる。
⑳鴨川晒＝明治頃まで鴨川中流で行われていた晒布。
㉑キタガキ＝北垣国道：兵庫県出身。高知、徳島県令を経て京都府知事となり、明治14年、びわ湖疏水完成に尽力する。
㉒水神山＝大津三井寺麓。びわ湖疏水路検屈場となる。
㉓竹テープ＝測量用スチールテープの代用として田辺が考案した代用品。
㉔Ondine（仏）＝独語 UNDINE の仏語読み

Ⅳ

輝き

もしここが
夜明け前の洋上だったら
私は
この光に何を祈ろう

もしここが
月の海流だったら
わたしは……
この影に何を呟いてみよう

かつて
私は……
赤道上のある島で影を失った
その驚きで
眼球が
心臓の中でモミクチャになった
シャミッソーの話どころではない

光と影は
生きている宇宙なのだ

山

まあるいの
いびつなもの
でことぼこのもの
さんかく型のもの
山の形は
神さまの気まぐれ

それを信じていた日よ
帰って来いよ

初期微動
横波、縦波
そして
震央と震源

神様さえ知らない
知識の消しゴムで
せっせ、せっせと
自分を消す日を急ぐ
急ぐ・急ぐ

山は、今朝も連なって
雲で顔を洗い
風で乾かして
光で化粧する

おはよう

カンパニュラ

ふうりん草　ふうりん草　カンパニュラ
ときめく
君の名前を呼んでみる
心がしろーく　はためくよ

カンパニュラ…カンパニュラ
ふうりん草
ぼくの濁った声　聴いてくれる
白い鐘・鐘の花びらさん
まぁーるい　ふっくら花びらから…

やさしい風になって
返ってきた　ぼくの声
うれしいな

うれしいな
うたごえ　ひびく

カンパニュラ…カンパニュラ
ふうりん草
白い鐘・鐘の花びらさん
あしたも元気で会おうね

旅した若い日
ヴォローニャの教会…
白い鐘の音が響いていた
朝

ふうりん草：「ツリガネソウ」とも呼ばれる。カンパニュラの中では、花も株も大きいので昔から栽培されてきた。

ハナニラの歌

白く・しーろく・白く
まあるく囲む六枚の花ビラ優し
根元から湧き上がりふさふさと囲む
細いみどり葉たち　その真ん中から
すらりとやさしく茎は立ち
白いかんむり微笑む

広い草原に立ち群がる
花々数知れず
ハナニラの苑
風にもつれ、風にそよぎ
秘められた群舞

芝地を訪れた人々は

華麗さと静かな神々しさに問う
「まぁ、タマスダレちゃん？」
白いユニゾンの花々は歌いだす
ワタシタチは・ワタシタチは
ハナニラですよー　と
歌声はなだらかに・滑らかに
野中をうねる

人びとは、野原と時を見つめていた

はる・はる・春だわ
ねえ…私たち
野原に集う私たち
大空の白い雲にお願いしよう
包んでもらいましょう
とおーいふるさとメキシコへ
とおーいふるさとアルゼンチンへ

帰れるように
歌声はこだまする
響き渡る　雲に向かって

雲は優しく
大きな綿毛を拡げて
数千の花びらをそぉーっと掬いあげた
風はにっこりとゆっくりと
流れ始めていた

花の帰郷を知らないのは人だけだった

ハナニラ：花色は主に白・青、ユリ科、球根、原産地・南米、
背丈・10～20㎝、横幅・10～20㎝、花・3～4月。

菜花

君は　なぜか
さみしい色は　黄色と言った
なばな　なばな　なばな
土に沿って
ゆるやかに　うねる
きいろの風
そよそよと　ししとしと　と
しなやかに　瑞瑞しい茎にうかぶ黄のしぶき
なばな　なばな　とおい母のはだ
山をあおぎ　雲を見送り
菜種に秘めた　情熱の灯火　幾時代
黄なる情け　したたる滴
なばな　なばな　大地を染めて
哀しみ包む　女のむかし
色に伝えて　なばなが　歌う
なばな　なばな　ともし火　燃えろ
きいろい命

さくら

歌を忘れたあなた
歌を思い出せないあなた
歌えなくなったあなた
芯から疲れたあなた
来てごらん
花の下に　来てごらん

桜の下に来てごらん
そして
空を見よう
そーっと口を開いてみよう
ねっ、聞こえてくるでしょう
さくら、さくら　やよいの空は……

歌を忘れてもいいのです
歌を思い出せなくても
歌えなくてもいいのです
困ったときは
桜の下に来ればいいのです
生きてて　よかったでしょう

6月の夢

風は青い6月を運び
光は黄緑を細やかに刻んで踊る
水草の群れから
カエルとカエルが呼びあう

めぐり来た季節、私は心の蓋を取り
新しい青空を一杯に満たす
汚れた涙を捨てて
漣《さざなみ》を曳く池の水を汲む

美《み》度《ど》呂《ろ》池《いけ》の底深く氷河期が眠る
二百万年の夢を食べて
じゅん菜が、蓮が揺れている
花うど達の白いアリアが湿原を舞う

私は指をかざして雲を呼ぶ
美度呂池には、きっと居る
浮島の真菰《まこも》の揺り篭にまどろむ女神
雲の舟に乗るのは今日かも知れない

7月の夢

その一瞬
意識は内臓の中にめり込む
全身を重力が走り抜け
小さな英雄が生まれる

あの時代
私は何かに向かって
飛び込むことばかりを考えていた
平凡な日々の非日常への希求

遠い山々の向こうから
冒険と夢を使い捨てた
仲間たちの喚声が戻って来る
やろう！　ダイビングと彼らは言う

さあ、青々とした水
切り込む熱
気ままな風、これだけあれば
夏は俺たちのもの

めぐり来た芽ぶきの季節
心の蓋を取って、私は
新しい空を一杯満たす
汚れた涙を捨て、漣を曳く池の水を汲む

トノ様

夏が始まった　小さな庭
東、樹々の葉群れから比叡が覗く

開き切った　大空から
熱の矢がキリキリと降ってくる

さあ　たっぷりとたおやかに
水滴シャワー

年中黙って立ちすくむ
垣根たちの高野槇《こうやまき》　すっかり濃く
細い鱗の葉をハリハリさせる

さあ　たっぷりとたおやかに
水滴シャワー

小ぶりな葉が濃い緑一杯開けて吸い込む水
細い締まった幹のおまえ　海棠《かいどう》桜
濃い紅の花色はついこの前の事

ホースをゆする

おや！　満天星《どうだん》つつじの木叢《こむら》
尖った顔の両脇にくるりと眼を剥く
トノ様カエル

ピョーン　見事なジャンプ
その先めがけ　ジャーっとひと吹き
トノ様はまた跳んで
秋名菊の葉陰に消えた

心も晴れた　ぼくの水は庭中に

撥ね跳ぶ　この日も元気

次の日も　　その次の日も
太陽はカンカンと音立てて
熱を響かせた

放水ハンドルを回し　霧にする
水を降るぼくは天使の気分

源平かづら　や　折鶴ラン
霧・霧・霧で　そーっと撫ぜる

蒼ぉーい空のはるかな下　小さな家の　小さな庭
みどりの生き物たちの
一日も始まっている

桜草を　ぬぅーっと割って

「うぬっ　元気か」とぎょろ眼殿は見上げる

トノ様は　早苗の地色に
青墨色と藍媚茶《あいこびちゃ》の短い縞々たちを曳き
整然と立膝ついて
しっとり体に霧を吸う

葉月が十日を過ぎた
香の薫りと　僧侶のバイク
門の小道を流れ去る

さあ　たっぷりとたおやかに
水滴シャワー

マーガレットの鉢の影
水滴シャワーであいさつする
トノ様は　今日もお留守か

ジュリアンやゼラニュームに
萩や小菊に訊いてみる
花々達はだまってだまって
水浴びばかり

次の日のその次の日　お盆参りも
終える頃　まだしっかりと夏模様

さあ　たっぷりとたおやかに
水滴シャワー

マーガレットの鉢の影
水滴シャワーであいさつする
トノ…様は…

あーっ　鎌首もたげた蛇にゅるり

青大将　幼体の若大将
青柳鼠の輝る鱗

思う間もなく居並ぶ鉢間を縫っての
逃避行　空かさずぼくの放水射撃

若く細くしなやかな紐は　壁を地を
水撃避けて這い回る　やがて
幹も立派な利休梅の小枝を巻いて
樹上高くの葉影に消えた

美しかった　そして　突然襲う
寂しさ　空ろさ　……　わがトノ様は
二つの生き物の　明滅・フラッシュ

はるかーな
小学生の夏　草むら覆う野道

どでかい青大将がトノ様カエルを
半分も呑込んでいた

ぼくは必至で蛇の　ど頭を踏みつけて
カエルをグニャッと掴み取り曳き摺り出した
尻は見事な日野菜《ひのな》のように細まって
ポタリと滴が落ちた

あの　遠い日の怒りはない
生きる事と、生きている様と
すべて広い　節理と　吾が身体が言う

トノさまー　とぼくはこらえて
レバーを引く

ジェットの水撃が空中高く駆け昇り
やがて、雨滴は小さなぼくの庭に降り注ぐ

２０１４年　夏　比叡の麓

街

君は九月のバス停を知っているか
明るい陽の散らばる歩道と
寂しいベンチ
そこに白い髭の老人がいて
背伸びをする女
小手をかざし彼方を見詰める男
時刻表をコツコツと打つ指があって
時おり
風がプラタナスを撫ぜていく

九月のバス停は棒になって立っている
人々の眼だけが
時の彼方に焼き付いている

僕は秘かに
人々の背後を通り抜けた
その時
老人だけは確かに僕を見詰めていた

ひまわり

笑いで言えば　ワッハッハ
わっさか　わっさか
ワッハハ
花びら広げて　ワッハハ
ひまわり　ひまわり
ワッハハ

ああ！

そうだよ・そうだよ
アンダルシアの
ひまわり
ワッハハ
蒼い・あおーい
天のお皿を泳いでいたね
ブルーン・ブルブル
震えるような数だった

黄色い黄色い花車
広い広いシンフォニー
太陽のゆりかご

北アメリカの荒野に生まれ
まわるまわる
いくとせまわる
地球の衣

しあわせ　くばる
ひまわり　ひまわり
ワッハハ

人の世界も
包んでおくれ
ひまわり　ひまわり
ワッハハ

夾竹桃

ささやかな街の空き地
葉をこんもりと茂らせた2株の樹
1株と1株の間に遠い山を入れ
不思議な空間を向かい合う

まあるくなぞられた葉群れ
軽やかに咲き乱れる花のユニゾン
ひかえめなピンクに秘めた
生る緊張
夏のきみたち

わが心に生まれる
尊厳の鼓動

せみ時雨もひときわ高く
陽は地上への憎しみを込めて
熱の矢を射る

生き物すべてが消える午後
夾竹桃の夏はヒリヒリと痛い

時・夏の終わり

坂道を下って来る人や、車や、自転車を見ていると
もう、夏が終わろうとしているんだなぁと思う
季節を裏切る事を知らない人々が
光を見ながら歩いている夏は
弾け散る光線の影に大きな、小さな
物語を燃やして消えてゆく
街の夾竹桃や立ち葵達のお喋りも
やがて想い出に塗り込められて往くのだろう

世界の時を造るのは誰だろう
どんなに楽しい日々も、どんなに幸せな人々も必ず
終局の闇に消し去る

ただ風だけが　次の舞台へ渡ってゆく
不思議な　夏の夕暮れ

風の景色

今日
秋を旅してきた風に
背伸びするコスモスたちを
見つけた

立ち止まり　息さえ潜めて
見詰める

太陽から　注がれた光は
整列光線となって
大地に降り注いでいた

薄桃色の花びら八片
黄色い花心に吐息が漏れる

秋桜　秋桜
呼びかけながら老人が行く

青い空に瞳が吸い上げられ
転がって行く　大空
やがて流れるいわし雲
風と風は　一休み

群れつどう　コスモスたちの
モテットがそよぎだす
高く低く　　遠く近く
ゆらゆらと

丘のもと　大地を染める
ゴーギャンの黄金色
するどく溌剌と
弓を引く稲穂たち

さわさわと　おう揚に
実りを　重みの
ファッション　ショー

光は　正しく　ゆるやかに助走して

一天文単位の旅のはて
やがて　木の葉　花の葉
野菜の葉脈にたどり着き
命の温度に包まれた

そして
遠い太陽に
まあるくおおきな　虹を還した

秋は風をつれ
横に　斜めに　旅をする

コスモス

やさしい風のそよぐ秋
揺れながら
コスモスたちは
空の彼方をみつめてる

あれは
メキシコ中央高原
原色の空のした
土の香り
溢れる光
遠いふるさと

はなびらは
風ぐるま

旅の地に咲いた
コスモスの夢
紅い夢
白い夢
うす桃色のため息幾つ

秋を吸って背伸びして
そよぐコスモス
女神の衣

遥かな高原に
帰り着くのは
いつの日か
はなびらは
風ぐるま

筋雲めざして　舞いあがる
コスモス
コスモス
花の旅人

Cosmos

コスモス畑を歩いてみたら
色のしぶきが降りかかる
花びらたちは
秋を持ち上げて
思いっきり背伸びする
そう
憧れは遠いほどいい
思いは
どんなに遠くても
届くのだから

人は
高いそらから
やさしい風がそよいできたら

コスモスたちを
思い出す
コスモスたちに
会いたくなる
コスモスたちが
教えてくれる

やさしい色を忘れずに
やさしい姿を大切に

コスモスの名は
神父　カバニレスの贈り物

メキシコ中央高原から
群れ広がった
秋桜たち

曼珠沙華

まんじゅしゃげ　まんじゅしゃげ
畔に並んで赤・赤・赤
そよぐ言葉も燃えだした
つつましくていいんだよ

食べているか・着ているか
家族はみんな笑顔でいるか
あしたに渡す希望はあるか

まんじゅしゃげ　まんじゅしゃげ
勇気溢れるユニゾンで……
歌声たかく響きだす

流れているかしあわせは

せせらぎのようにしみじみと
食べているか・着ているか
家族みんな笑顔でいるか

まんじゅしゃげ　まんじゅしゃげ
コラールたかく厳かに
秋空に昇っていく

食べているか・着ているか
家族はみんな笑顔でいるか
あしたに渡す希望はあるか

不思議な秋

秋は終わろうとしていたが
蒼い空は高く
ただ冷気を帯びた風が
舞い降りていた

おれはそんな日でも
真っ直ぐな歩道をヨタヨタと
重い鞄を肩にかけ歩いていた

何にも考えていなかった
重力に向かって左の肩を
いからせて歩いていただけだった

ドーン！　という衝撃
はっとした右肩に
鞄が・鞄が
ぶら下がっていた
なんと
空から鞄が降ってきた

思う間もなく
靴は、次から次から
降ってきてはおれの体に
ぶら下がっていく
おお!
おれはついに15個を数える間もなく
歩道に崩れた

不思議なことに
おれの前を行くやつも
横を通り過ぎるやつも
何食わぬ顔で通り過ぎて行くんだ
おれは靴に殺される
だれか・だれか
助けてくれ
と、叫んだように思う

秋の終わり
空は思いっきり蒼かっただけ

秋の日に

東海林太郎の歌を聴く
外ではいつの間にか
木の葉が色づき始めていた
国境の町は、
遥かに遠くなった

地球がずーっと大きかった頃
人の悲しみにも
物語があった
秋　時の移ろいが
人々を呼び返してくれる
忘れられた自分さえも

人は秋の日の

深いブルーの中に
ぽっかりとあいた
民族の穴を見つけた時
叫び声をあげた
自信に満ちた文明に
巨大な一撃だった

国境の町はもっと寂しく
なっているだろう

2001年9月29日改作

週末

この冬初めての寒波がやってきた朝
山茶花が　震えながら弱々しい紅を散らせていた

昨日亡くなられた京都の男性Q氏の
心臓は、広島のSさんに
腎臓は、千葉のMさんに
肝臓は、徳島のOさんに
移植されました
S・M・Oさんは、それぞれ
術後経過はすこぶる順調です

心臓移植を終えた
広島の医科大学の教授は
笑顔で、顎も高く青い空を見上げていた

残されたQ氏の残骸は
生ものダスターシュートを滑り
特殊廃品回収車の
開口部に消えた

凪は、そこで
ピタリと　止まった

冬の朝の讃歌

歓びに目醒めたとき
焼けた銀紙の
風にゆられて彷徨う光の明滅
それを人々は冬だといった
東の重力雲と
山また山のうす黒い希望の中に
その朝はやってきた

握りしめた陶椀の凹凸
にこやかにゆれる湯気の
いかばかり懐かしい朝だろう
だから黒いセーターの
おどけ奴《や》が
喜々として白銀をけって走り去った

かき消すようにヒラヒラとおどる
粉雪と眩惑
矢の速さで拡がる畑中に
小枝を狂喜のもだえに拡げた
木と木は
天空めがけて吠えた

見ろ！
だからこの朝は
ふるえる希望で！　夢で！
あの山も
あの白々とうねる畑も
みな白衣の合奏で歌っているんだ

冬気

空に、大きな雲が去っていく
梢に揺れる蓑虫坊主
冬は凍りつく言葉の苦しみの日

ある夕暮れは
町往く人々に
暖かい家庭の妻や
はしゃぎ回るこどもたちの
湯気をあげる吐息を
込み上げるほど
懐かしくさせて…
風はヒュウヒュウと往く
みるみる空一杯にかぶさる黒雲

遠い山々のうねりをぬけて
今夜も　吹雪は
人を凍りつかせる
もう、こうなれば
いくら悲しみをこらえても
そっと
手の平でまぶたを押さえたところで
若い、君達よ
悲しみは消えはしない

風は、北の山々から
遠い原野から
あんなにのた打ち回りながら
山裾の、固く閉ざされた家々の戸に
ぶちあたり
そら、電線に
そら、骸骨の銀杏並木に

泣きながら
走っていくよ

ヒヨヨン　ヒユーン
ヒヨヨン　ヒユーン
ヒヨヨン　ヒヨヨン
ヒョン　　ヒョン
ヒユーン

冬

風が冷たい散歩みち
大通りからちょこっと入った墓所
たかむらはんと式部はん

静かやった

紫式部はんのお墓をそっと抱いてみた
そしたら
あおーい空から真っ赤な椿一輪が
風にただよってきた
ひんやりと額をかすめ
お墓の前にふわっと落ちた
式部はん　怒らはったんやろか
京は知らん顔して冬やった

注　たかむらはん：小野　篁《おののたかむら》
式部はん：紫式部
墓所：京都市・堀川鞍馬口上ル
式部・篁墓所

点

夕暮れ
やよい半《なか》の五日ころ
西の中空《なかぞら》に刺さった金星を見た

明滅する面影の群れ
一つ　二つ　三つ…ああ
日の隠れた　山そして山
目を移す
　点

梅・白い花びらの空気満ちて
少しはにかむ　母がゆれる
エプロンの小さな姿
　点

まだ冷たい　卯月　風に散り舞う花ビラ
湯上りの背に　負ぶってくれた叔母
しっとりと黒い後ろ髪
　点

ジーン　ジーンと熱を吐き捨てる　陽
膨らんだ山の　汗
額を拭き　拭き
古文書を手に　語り　語り　笑う
O先輩

点

空が高く　昂《たか》くなると
正装したショパンが降りてくる
ピアノ協奏曲第2番
分厚いメガネの　I先輩
ひとさし指をかざして
ぼくを振る
笑顔だけが散らばってゆく

どこへ行くのか
どこが果てか　などと　考えるな
人は必ず土に還るだけ

廃墟の街

今年はよく降るな……
人々は前かがみにたおれ
たおれながら歩く
一本の杖が欲しそうだが
だれも持っていない

ノラが鼻だけを
街路に突っ込んで逃げ回る
人々は余りはじめた手を
ポキポキ折って
開きすぎる足をたたんで
歩く

雪が消して行く

君たちのいろんな事
見たくないすべて

それでもぼくは街を歩いて
単純で明快な原色を
通り過ぎる
ポケットから出した手に
シュワッと雪粒をうける
街に同化した心は箱になる
出口も入口もない
マジックＢＯＸだから
何も感じなくていい

立ち止まる
広い街路の突き当たりに
雲間をつらぬいた
煙突の上

奴は白い銀色の
うろこを剥いでムクムクと
勇ましく
まばゆく
街に失われた
やさしい曲面の立体を持ち
気づくと
冬枯れのポプラに凭《もた》れ
街のあちこちの影から
矩形の顔をした人々が
じっと　じっと
見上げていた
煙の曲芸

ゆりカモメ・― 京の冬 ―

風を集めて
ゆりカモメ
どっと舞い上がり
ゆらりとゆれる

まばゆいよ！　雪粒
遠い冬の日
湯気の中に微笑んだ
だいこ炊きの母の手

北山・北風凍え水
こんこんと往く高野川
ゆりカモメの声をなぞれば
千年の哀しみが落ちて来る
ゆり・ゆり・カモメ
ゆ・り・か・も・め

月の夜のさようなら

冬の夜は北極星の下で凍え始めて
月も小さくなって街をみていた
ぼくたちは観月橋を渡って
今日の物語を閉じようとしていた
黒い団地の矩形《くけい》の影に
まだ残るだいだい色の灯を
追いながら
ぼくは「さようなら」と
つぶやいた
もし世界がもう一つあったら
紅い灯のついた二つのハートを
ポシェットに入れて
飛び立つだろう
飛び立ちたい
飛ぼうよ
つなぎあった
手のひらの中で

あつい言葉は
もつれ合った

冬は・冬は
世界に規律を吹き込む
にんげんだけの
わがままを決して許さない
だから冬は美しい
美しさに耐えるものだけが
花をつける

北風の中の
紅いわびすけは
あんなに燃え上がれるの

どうしてぼくたちは
帰らなければならないの

1999年2月12日

春はよおいで
― 京わらべうた後追 ―

おはようさんどす
今日は寒おすな　ひえのお山も真っ白どすえ
ほんまやなー

「お山は　ぐうるり　こんこんさん」
ひーがしやま　さんじゅうろっぽ
みんなまっ白どっせ
おおさむこさむ　ぶるぶるや

「はよ　かおあろて　ごはんやごはんや」

かぜもふくふく　雪もふらはる
もーうちょっとの　しんぼーうや
はるのきーひん　ふゆは　おへん
ほら　ほらみなはれ　北野の天神さん

今年も大福梅もよばれたし
梅も咲きだしたえ

ひえいおろしの北風はん
あんさん　いけずは　せんといて
さあさ　いけずは　せんといて

北山・西山・東山　もーはるどっせ　春どすえ

お山はいーつも　ようように
うちらを　見ててくれてはる

おかぁちゃんがよう言うてはった
ええことしぃなあかん
ひえ山　も　愛宕さん　も　いっつも
よーよーみてはるで

ようよう　春の風が来て
情延山《じょうえんざん》をとおりすぎ
大文字山がかーすんで
桜が京を染めにくる

さくらの葉っぱで　くうるりと
おーもち　つう包んで
うす桃色のほっぺた笑ろた

おもちの好きなおとうちゃん
いまは　風にならはって白い雲にならはって
京のお山をめぐらはる

はよ春つーれて　おいでやす
きょうの　きょうの　東山
みんな眺めて　まってるえ

*

風の物語

人はどうしようもなくなった時
空を見上げる
空は目に飛び込んできて
体中に溜まった
悲しみを
すぅーっと吸いとってくれる

それが青い空なら
生きているんだなぁー　と
つくづく思う
母さんに似た声が聞こえる

今日

ぼくの頭上をゆうゆうと
うねりながら
渡っていく雲は
いくつもの大地の物語を包んで
甘いような
ハッカのような
黒いような
赤いような
不思議な匂いがする

風は大地の上を旅して
いつも目障りなものがあった
それは
国家における国民であったり
都市における市民であったり
町における町民であった

颪は
その欲望の腐敗した匂いが
たまらなく嫌だった
だからタイフーンや
ハリケーンに姿を変えて
気の向くまで吹き飛ばすのだった

しかし、その傲慢な群れから
颪の心を捉えて離さない幽かな光に
出会うことがある
街の影から
じっと颪に向かって手をさし出して
いつもその瞳は熱く涙に潤んでいた

そんな時
颪は
立ち止まり

大きく旋回しながら
愛らしいひとつの魂に話しかける

人はどうしようもなくなった時
空を見る
青い大空の下を
風のボヘミアンが旅行く日
また小さな物語が聞こえる

夕焼け

地球が泣いてる
彼だったか　彼女だったか
つぶやきの声は擦れていた
地の涙は踏みにじられ
雑草の苦みになって
野原を彷徨っていると…

一日の終わり　夕日の時
地球は
ふんぞり返る食物連鎖の長に
警《いまし》め伝えているのだという
溢れる変幻自在の色彩で
暮色の姿はさ迷う
夕焼け

残映は
生き物たちの記録と言う
今日一日
この球体からこぼれた
生命の多様さは
夕映えの移り香となる

人が己の醜さに
気付いたのは
ノアの方舟からなのか

知らぬふりして
ふてぶてしく七〇億…
ひと・ひと・ひと
こぼれる悪・慾・毒
七〇億のおれ一人

弾け飛ぶ好き勝手
歪む球体の溜息
怒りの声も出せぬ夕焼け
許せない一日の解答は
血のにじむ色…赤

それでも
西の空いちめんの
目を洗いたくなる
うすい紅・淡いオレンジ
風が絹のブラウスと戯れて
ひろくひろくたおやかに
細くやさしい母の瞳色
レモンの切なさをにじませた
今日
からくれないの夕眺め

友よ・人よ・地上の同胞よ
うれしくて心ふるえる
良いこと達が
九〇%だった一日に
地球の喜びが
夕照の・空の火照りの
洛陽となって歌ってくれる
ふるえ輝く
赤光の夕焼けが
ぼくは
見詰めたいのだ

末期の島

捕らえて食べる
おびただしい苦しみの日々
食べ物を蓄えた　これが
悲しみの始まりでした

金を　金を
力を　暴力を
知りたい知りたい　むさぼる
膨張と無知
その　高きこと
火の星　オリンポス山をしのぐ

E＝M・C^{2}　を解き誤り
こじ開けた核の鍵

瑞穂の国　　あふれる緑・四季の光
春夏秋冬を彩る山・山　滴る水といのち
渡り来る　鳥・鳥

胸広げるおおぞら

断・切断・ぶち切られる命
金持ちが　軍人が　学者が
隠し続けた核の牙
鋭い憎しみの刃が
喰いちぎる　二重螺旋

追われる人々　欠けていく大地
流浪の民　だと　ふざけるな！

弓なりの瑞穂の国に
企業というモンスター
軍事という暴力装置
学者という指揮者
政治家という興行師
欲望の鎚は
また打ち下ろされる

「新現代詩」14号原稿
2011年9月12日推敲

ほたる烏賊

ほたる烏賊を食べた
皿に黒い輪のついた目球が5つ残った
幾匹食べたのだろう
ふと、気になった

この生き物の複雑なDNAがよぎる
私の体は、この生き物達に何を求めたのか
酢味噌の甘酸っぱい味覚に隠れたもの
食欲の正義に潜む生の秘儀
不安…の余韻

捕り込み、奪い、排泄し、捕り込み
日々を重ね生きる
これは生命の目的だったのか
からくり
重たい不信……

かまうな
俺の命に関係ない

しかし、…何かが呼ぶ
寸暇を惜しんで、俺のあるべき日々を
数えねば
謎の解ける荼毘《だび》の日を迎えるために

とるに足りない
ほたる烏賊……そして、ほたる烏賊
またくりかえす
ほたる烏賊・ほたる烏賊………

宇宙を巻き込むおまえのDNAよ
念じ・念じ
ただ祈る事しかない俺

どうしたんだ！

一点鐘は鳴り響く

人は時計に成れなかった
胸に手を当て鼓動を掴む
象は遅く　鼠は速く
そこに銀河を駆け抜ける　悠久
繰り返すことの秘密を積み上げ
永久という安堵にねむる
文明の鎧をつけた生き物・六十六億

一点鐘は鳴り響く

俺たちの体の奥深く
沈む桶には一滴の濁りも無い

清冽な水があった
水には、美しく・優しく・慈悲に溢れた
霊長の花が咲いている
緑の葉キラリ　潜む命の脈動
巨大な宇宙の育みを知覚して
生きてきた　柔らかな人・人・人

一点鐘は鳴り響く

おまえ達・産業革命から始めればよいか
欲望が手・指に延び広がって
むしり獲る次なる欲望・また次なる
止まる事なき業の摩尼《まに》車《ぐるま》
凄まじさは青い星を剥ぎ削り・いがむ大地
オリオン星雲の胎盤に唾する生き物
傲慢・無頼・俺が俺が

一点鐘は鳴り響く

痛い！　体腔にはしる激痛・転げ落ちる眼球
湯気をあげて　心の底に落ちてゆく
何とした事か　清冽な水に
拡散する血潮
どうしたんだ　人間の水……
変色した六十六億　漆黒の惑星

暗黒の未来に向かって……
一点鐘は鳴り響く

散歩

陽が3時を越えると
からだと足先が大地を求める
大袈裟な話ではない
おれの人生の筒先が生きている事を
歩くという行動で確かめたがるのだ

明るく緑が蒸発する5月の山はうれしい
比叡の峰の上　甘えたいほどの
青い空が生き物を呼んでいる
右手に高野川
コントラバスの響きを真似て
水は勇ましい気泡を放つ

おれは　　右と左と確かに足を違えて

手を振って半世紀を越えた自信を
追いかける風に見せつける

振り交わすこぶしにぬくもりを感じる
まさしくおれのふりこ
60万4440時間のさらに前へと
進めてくれる

まだある、道はやがて桧峠をこえて
滝木の林に入る　光の落ちた樹間に
とがった鼻と愛らしい目が光る　鹿
おれも彼を見る　思想も何もなく　ただ見る
息が止まって何かが流れる
ハッ　音はなく　空気が途切れ
鹿は左へ　おれは右へ

我に還ったおれ

道は人の町へ降りていく

いつかある日
おれの道は大空に向かう
その日おれはさらに歩いて
この日までの
元気と喜びを胸いっぱい吸い込んで
誇らかに叫ぶんだ

「グッバイ。地球」

氷塊

米国雪氷データセンター（NSIDC）の研究員Mark Serreze氏は、
ＡＦＰの取材に対し「２００８年夏の終わりには、
北極点付近の氷はすべて溶けてしまって、無いかもしれない」と語った。

街は、町を喰って放屁を放ち地響きを立てて、
気難しい文明は時として仕返しを発し、
火を放って翼を大地に叩きつける。

陰《うら》と陽《おもて》を引き連れて、
人間の知恵は大地を掘りつくす。
幾たび輝かしい鐘が鳴り響いた事か。

嵌め込まれた欲望と道具の歴史を胸張って進んだ動物を
悪と呼び、無能とさげすむ宇宙に問う。
この世に永遠はないという非情。

あなたが造った生命に取り付けなかった原理のおぞましさ。
さ迷う吾ら66億はどこへ。

北極の氷がすべて溶けてしまったことは、有史以来一度もない。
もしも今年の夏、一時的にせよ氷がすべて溶けるようなことがあれば、
人類史上初めての出来事となる。

立ち歩み一億六千万年の生の栄華を誇った古生物恐竜。
やつらは、迫り来る巨大隕石を見ていただろうか。
恐怖はない、その温和な日々の中の一日だった。

恐竜を食い潰したのは巨大なエネルギー
それは憎悪なのか。
銀河の果てに仕組まれた言い尽くせない力
天地は、わが意に適う者を探し続ける。

それはただひとつ・非情という宇宙の輪廻

進歩

街は、魔法使いで溢れてた
掌に人を呼びつけ、睨み合い
小部屋ごと、わが意のままに地を駆けて
魔法の呪文を絶やさない

「傍若無人」
ケイタイ・ボウソウ・ゴミノヤマ
「勝手気儘」
コロス・ケチラス・ウバイトル
「利己愛撫」
カガミヨ、カガミ、オレダケ、ウツレ
「捨てられた義務の山」
ヨルナ、カマウナ、チカヨルナ

街は、魔法使いに溢れていても
もっと偉大に憧れる
もっと魔法に憧れる

大地はそろそろ嫌になり怒り心頭大地震
大空そろそろ嫌になりぶっと噴出す大雨粒
海までそろって波掻き集め津波高波大暴れ

魔法使いにゃ屁のかっぱ
もっと偉大に憧れる
もっと魔法に憧れる

誰ぞ知る
百万億土の彼方から
因果応報の矢が放たれた事

―人民の中に飛び立つ鳩のために―

太陽はすでにアルプスの峰にきらめく真理
を飛び散らそうとしていた。

見よ！
巻雲の彼方、燦然と広がる空を
ダイアモンドの正確さと
規律と自由の翼を被《う》けて
飛び立っていった
一羽の白い鳩

その日すでに山には
紅葉のさんざめきと
川には深い水の調べと
空には碧い希望の広大《ひろ》さを残していた。
鰯雲の群れを身軽く渡った秋風は

さわさわと楓や櫟《くぬぎ》の林を抜ける
陽は穏やかな午さがり
蔦蔓《つたかずら》のはかげに
赤いザクロの喜びの甘さ
広葉と針葉の濃い緑むせる香りの中に
芳ばしく漂う楓の優雅さよ
ああ！
大地を照らす太陽の零陽《こぼれび》は
山路の枯葉に見えては隠れる
米搗虫《こめつきむし》の黒さを点滅させるのだ

やがて
真理の太陽の強大な光の中に
一点となり光り輝き見えなくなった
白い鳩よ！
お前をウリヤーノフと名付けよう
君よ！　ウリヤーノフよ
いつのひ雄々しくも敢然と

真理の灼熱に
強い勇気と誇りを持って
ああ！　あの中空に
光り続ける太陽のもとに
進撃を始めたのだ

ウリヤーノフ小っぽけな白い鳩
ウリヤーノフ涙を忘れた小動物
ウリヤーノフ友達と手を繋ぐ事を
　　忘れた独裁者

それが？　どうして！

陽はもう西の国の彼方から
遥か人里の黒い影を残して
それが三角であろうと
長方形であろうと

台形であろうと
空弁当を携えた　人間たちの
カラ　コロと鳴る足音の中に
全ての悩みを包む時なのだ

——人間、人間、人間、—その中に
君が見た尊い行為《おこない》があると言った。

みる間に
工場という怪物の影と
夕餉の懐かしい香りする下町の
甍の黒ずみは
揺れ動く煙突の煙に塗りこめられて
紅く—紅く—
斑《まだら》な陽の臨終の中に消えた

さて、さて、

ウリヤーノフはきっと
輝き始めた銀河の中へその中へ
新しい生命をもって前進している
その事実を、何故君は伝えないのだ！

判りました！
それはこうなのです。

日は陽春の中
ヒースの葉陰に残された
放牛の足あとに
働く彼らの真理があった
スコットランドの風は
ドーヴァー海峡の潮に
人間社会の辛い素晴らしさと
強い働く人々の
波のスクラムを与えたのです。

ウリヤーノフ、彼は見た
アトランティックオーシャンを
その青さと
無数に生まれる楽園に
矛盾と
真理と
希望とが
働く人々の中に
巨大な化け物の姿と化して
生きていることを……。
さらにさらに
ウリヤーノフは人間社会の歴史を見た
マルクスやエンゲルスの誇り高い
大真理を――。
否《いいえ》！
哲学や科学や――それだけではない！

何が―彼に―
判らないかね
そう、それは、
あの　山々の麓に
忘れられたように生きていた
ああそうなんだ
初《うぶ》な　真実の生命だ！
生きることだ！
ペンペン草の秋の踊りや
紅ハコベやすすき達の
励ましの日々に
白く可憐に生きた
あの花だ！　――。

八月のあいびきは
キリキリとした光線の洪水の中
居ならぶ寥々とした

稲穂に流れていった
ただ
緑と赤と茶と
銀の田園の中に
一本足の怠け者白鷺の
幻想と機知にたけた夢の時だ
その幻想の中に
痛く光明と輝く思い出の時
ああウリヤーノフは
愛しい野菊を育んだ
真理の山に着いたのだ
彼が岩膚の角々しい洞に
思想と肉体の困憊《こんぱい》を溶かしている夜
巨大な自然の錯覚は
卑劣な嵐をよびこんだ

雲は黒く

雨は死霊の火のごとく
山は姿を消した
妖音の世界に
ギシギシ、ゴーゴーと呻き続けた
吹きつける黒い雨粒子は
山の斜面に
立ち並ぶあか松や
ヒマラヤ杉の
屈強な体を伸びやかな足を
暗黒の中
閃光！　殴打！　苦悶のかぎり
狂乱の鞭は乱舞した
風！　風！　風！
雨また水魔の狂いは
すべてを
毟《むし》りとり、剥ぎ取る

時の
偉大さは
如何なる辛苦も
一粒の憂い無く奪い去る

—そして—

流れ行く
雲は切れた
東の空たかく青空は歌う

朝が訪れたとき
ウリヤーノフよ
君は知った
鮮血の奔流と化した谷川の残響
山々の一本の草木も忘れず
屈辱と怪奇

恐怖と断末を与えた夜
そんな事さえも一枚の夢にすり替えた
朝、
霧は呻く雑木林と
じっと涙さえ忘れた
草花達の傷口にしみ透った。

ウリヤーノフの心の鏡に
煌々と可憐な光を投げかけた
細く痛々しい茎ではあった
狂気の大地を越えて
生きた
青シダはドクダミは
皆んな皆んな生きた
土塊汚水、亀裂破切
どんな激怒を草たちは秘めても
今日の朝を生きている

その草たちの中に
あまりにも美しい野菊こそ
朝日にきらめく青い茎
したたり落ちる水滴
引き裂かれた葉にそよぐ朝風はやさしい
一輪のけなげさは山をめぐり
川を流れる
ああ！　この大地の中で
大空の果てで
ウリヤーノフの心に響く
鐘の声、鐘の声

紫露草のルビーの華麗さと
解ける夢の感覚
再び
雄々しい山々に
けたたましくも

出発の朝を告げる
啄木鳥《きつつき》の連打
大空に山々に
こだまする真理の朝
ああ！　ウリヤーノフは
耐えようも無い感涙と
決して醒めぬ野菊の愛を得て
なお輝き続ける
人民の光の中に
高々と湧き上がる歓声に見守られ
果てしなき太陽の旅路へ
人民という信頼と
真理という哲理の故に
敢然と進撃したのだ。

創作：1967年24才　『全電通詩集1970』所収

胎動のための組曲

「キラキラと星の市場は今夜も歌いさざめく」

川が流れているだけの灰色の街に
ぼくの毎日がゆれていた
流れには錆びた自転車が突き刺さっていた
その横を毀れた木馬が漂っている

「ワルツに乗って旋回《まわり》はじめた
金色の乙女星　寄り添い乱舞する
白銀の王子星　腰に輝くサーベルは
光を刻んで眩いばかり」

来る日も、来る日も
川にそった小道を歩く　ぼくは歩く
歩きつづけることだけが
地に立つ証だと……。
ある日
最後の一歩の前にカビ臭く立ちはだかる
朽ちかけた家

「二つの星を包みこむ銀界の旋律は
光の粉となって縦横無尽に飛び散った
絶対零度の銀河のステージ」

崩れた垣根に風に揺れながら咲いていた

わび助の紅い温度
ぼくはその温もりの中にふしぎな
ふる里を見た
こみ上る懐かしい熱風

「世界の夜の人々よ　見詰めてごらんよ
巡り巡る星のロマンス」

ふとわれに蘇ったぼくは
この朽ちた家の中から
泣き叫ぶ糸のような産声を聞いた
ぼくの声が兵隊蜘蛛の巣にかかって
激しくもがいていたのだ

「さあ！　回そう！　水晶の光線を造れ！
光の経糸《たていと》は銀河をこえて八十六億年の
神の夢へ弾けとぶ」

ぼくは　辛うじて
この町にぼくの命の軽々とした証をみた
しかしこの日からも
ぼくは流れの辺を歩き続けた

「アラビアンナイトの幻影がM星雲に閃光し
サランの響きを弾いた時
赤いカニ星雲の仄かなランプは終曲の
胎動をゆらめかせた　星よ、星よ、星よ、」

詩の原点・世界を俯瞰する眼
――紀ノ国屋千詩集『美と伴に』について

左子真由美

紀ノ国屋さんのお名前は同じ関西詩人協会のお仲間であることから、ずっと以前から存じ上げていましたが、今回ご詩集を上梓するにあたって、初めて作品をまとまって拝読させていただきました。

まず紀ノ国屋さんが作っておられるホームページを見せていただきましたが、その圧倒的な詩の数と様々なテーマ、手法に驚きました。今回の詩集でも数冊に分けられるほどの分量です。身辺に題材を求めた詩、出自に関する詩、旅の詩、壮大なテーマで纏められた「疏水―限りなき水へのオード」の一連の作品、人間そのものや環境を問う作品、そのダイナミックな世界観と切り口に圧倒されました。その世界観は、野菜を作るという小さな事象を扱いながらも日常を超えて自然の本質そのものを見つめ、同時に世界へと宇宙へと広がっていきます。それは小さな水滴からも始まります。その詩「水滴」を引用します。

水滴

朱い木の実に朝露の衣／ぐうーん、ぐうーんと／伸びやかな朝／／木々をとりまく　霧／霧に集う幾千の想い／私はちっぽけな／ホモ・サピエンス／この爛《ただ》れた文明に　立ちすくむ／／キリはキリを集め／透き通る一滴／天空からの／贈り物／／たった一つ・自由の結実／自由はおまえ／おまえの宇宙／限りなく遊べ水滴／／ひろがりのすべて／時の無限／慈しみとやさしさだけの世界／／さぁ　行け　霧のボヘミアン／そして何時か／その美しい大地へ／私を呼んでおくれ

この詩の何と小さくてかつ大きいことでしょう！　私たち読者はこの小さな世界から「時の無限」の中へと誘われます。続く旅の詩篇からもたんに旅の記録に留まらない、世界を俯瞰する眼がうかがえます。それは、日本という島国に留まらず、各国を旅されたことによって培われた詩人の視野の大きさでもあるでしょう。引用したい作品は多々あるのですが、少し変わったところで「カルナバルの女」を味わってみます。

Ｏｈサンバ／／ボア・タルデ／ボア・タルデ／ジャポネース／／リオの空おーきい／ピント・ピア／サンバ・サンバ／叫ぶ、歌うカリオカ／私の心をどうぞ／跳ねるサンバ／火をふくサンバ／／ファベーラの魂が／生き返る日／Ｏｈ・カルナバル／Ｏｈ・カルナバル／私はあな

たを連れて行く／リオの空へ／リオの海へ／／タタタ・タカタカ・タタタ／／タタタ・タタ・タタ・カッカッカッ／／ビロンゴ・ビロンゴ／／ボア・タルデ／ボア・タルデ／ジャポネース／／地球はまだまだ／回り続ける／サンバ・サンバ・火をふけサンバ／Ｏｈ・Ｏｈ・Ｏｌｈ

まず、リズミカルなテンポに魅せられてしまいます。そして、リズムと共にこの詩は、情熱溢れる人間讃歌であり、私たちの心を大きくします。また、「トルコ紀」では、左記のように、イスラムの高徳の師のことばを引用しつつ、自由や希望を讃える詩となっています。読者は、力強く逞しい詩の力を感じることができるでしょう。

・・・・・・・・・・・・・・・・・・
ビザンチンの夢・コンスタンチノープルの熱／生き物を押しのけた人間の漆黒／／おいで、おいで、みんなおいで／誰でもおいで　仏教でも　無宗教でも／ユダヤ教でも　私の僧房で希望があります／自分自身であれ、もしくは、あるがままであれ／／昨日も・今日も　バザールに飛ぶ数万のことば／芳しい乳香の思念　トルコ絨毯の安逸と寛容／／さあ　旅人等は　どこへ

また、集中一冊の詩集としても読める圧巻の「疏水―限りなき水へのオード」では、その語彙の豊かさ、造詣の深さに驚かされます。そう、これはたんに京都の疏水のことばかりを詠っているのではない、世界中の水という水についてのオードなのです。最初の詩「黎明」の初めの部分だけを引用します。

孝霊五年淡海に／一夜／地は裂け／湖が出来た／時に／遠つ淡海に富士が湧出した／と、遠い人達は言う／地に如何《いか》ほどの忿りが溜り／天にどの様な憤怒が砕けたか／人々の驚愕は計り知れない／／大地の伸びやかな優しさは／裂けた地に水の潤いを与えた／水！　天と地の限りない愛／水！　この譬《たと》えようもない始源／水！　この凝縮

そのほかまだ感動した作品は多々あります。紀ノ国屋さんが「かみがしげよし」という名前で二十四歳の時（一九六七年）に『全電通詩集１９７０』に発表された詩「―人民の中に飛び立つ鳩のために―」という長編詩です。ウリヤーノフと名付けられたちっぽけな一羽の白い鳩に託された人類の壮大な物語。矛盾や狂気に満ちた世界を勇敢に飛ぶちいさな鳩。その一部はこんな風に描かれています。

ウリヤーノフの心の鏡に／煌々と可憐な光を投げかけた／細く痛々しい茎ではあった／狂気の大地を越えて／生きた／青シダはドクダミは／皆んな皆んな生きた／土塊汚水、亀裂破切／どんな激怒を草たちは秘めても／今日の朝を生きている／その草たちの中に／あまりにも美しい野菊こそ／朝日にきらめく青い茎／したたり落ちる水滴／引き裂かれた葉にそよぐ朝風はやさしい／一輪のけなげさは山をめぐり／川を流れる／ああ！　この大地の中で／大空の果てで／ウリヤーノフの心に響く／鐘の声、鐘の声

勇敢に飛び続けるウリヤーノフこそは、様々な困難にもめげず詩の心を持ち続けた詩人を象徴する姿なのでしょう。この詩の中に詩の原点が託されている思いがします。そう感じるのはおそらく私だけではないでしょう。一冊の絵本や小説にしたいような詩でした。

詩を書くということ、詩を感じるということはどういうことなのか、よく自問しますが、何はともあれ、世界に詩があるということは素晴らしいことです。そんなことを感じさせてくれる詩「風の物語」を最後に採り上げさせていただいて擱稿を終えたいと思います。あとはみなさまの深い読みにお任せすることにして。

風の物語

人はどうしようもなくなった時／空を見上げる／空は目に飛び込んできて／体中に溜まった／悲しみを／すぅーっと吸いとってくれる／／それが青い空なら／生きているんだなぁーと／つくづく思う／母さんに似た声が聞こえる／／今日／ぼくの頭上をゆうゆうと／うねりながら／渡っていく雲は／いくつもの大地の物語を包んで／甘いような／ハッカのような／黒いような／赤いような／不思議な匂いがする

これらの詩が、小さな鳩のウリヤーノフのように、読まれる方の心の中を飛翔することを願ってやみません。

あとがき

誠実に詩を書き始めたのは１９６０年代からでした。当時、衣食住の貧しさは街中にひしめいていましたが、３人の娘たちに恵まれ私と妻は一生懸命に働きました。娘たちを保育所に預け共働きで働いた中で詩を書いて来ました。慌ただしい生活でしたが子どもたちと遊び楽しく送った日々もたくさんありました。しかし詩はなかなか生まれません。

そんな中で取りこぼした多くの詩篇を心の篭に拾って置いてくれたのは妻でした。おかげで半世紀にもわたる時を詩にまとめることができました。

本詩集が生まれたのは家族、何より優しく思慮深い妻や楽しい子どもたちのお蔭でした。自慢できるほどの作品ではありませんでしたが、優しく豊かな編集者、左子真由美さまに編んでいただき、生まれ変わったような詩群になったと思います。そしてお読みいただいた皆さまの心に、ロックバンドJ-WALKの「心の鐘を叩いてくれ」が少しでも響き渡っていただけたら幸せだと思います。

二〇二三年一月吉日

著　者

著者略歴

筆名：紀ノ国屋 千（きのくにや せん）
本名：神賀 重善（かみが しげよし）

1943年5月15日　京都市生まれ
1965年　全電通詩人集団入会・詩誌「全電通詩人」15～93号（1986年終刊）
1982年6月　近代文芸社日本詩人文庫参加
かみがしげよし詩集『かぜの物語』発刊
2003年12月　「新・現代詩」№1冬号より「新現代詩」17号（2017年）まで参加
2009年12月　「関西詩人協会」入会、現在に至る。所属詩誌「竹の花文芸」（1999年より）
2010年4月～現在　おもちゃ病院を立ち上げる。おもちゃの修理と子どもの喜びは立体詩である、の信念のもとおもちゃDr.活動を継続中。

住所　〒606-0024 京都市左京区岩倉花園町150-1 神賀方

紀ノ国屋 千 詩集　**美と伴に**

2023年3月1日 第1刷発行
著　者　紀ノ国屋 千
発行人　左子真由美
発行所　㈱ 竹林館
〒530-0044　大阪市北区東天満2-9-4 千代田ビル東館7階FG
Tel　06-4801-6111　Fax　06-4801-6112
郵便振替　00980-9-44593　URL http://www.chikurinkan.co.jp
印刷・製本　モリモト印刷株式会社
〒162-0813 東京都新宿区東五軒町3-19

© Kinokuniya Sen　2023 Printed in Japan
ISBN978-4-86000-489-7　C0092

定価はカバーに表示しています。落丁・乱丁はお取り替えいたします。